Inhalt

Ihr erinnert euch sicher genau an den Schluß des ersten Bandes der Abenteuer von Omri und Patrick. Die beiden Jungen trennen sich nicht vom magischen Schränkchen. «Laß es leer!» sagt Patrick. «Für alle Fälle...»

Im zweiten Band der spannenden Geschichte um die Plastikfiguren, die plötzlich wieder lebendig werden, erfahrt ihr vom Schicksal des tapferen Little Bull, seiner schönen Gefährtin Twin Stars, den indianischen Freunden und natürlich auch von Boone, dem kleinen Cowboy, der große Sprüche klopft, aber doch eine ehrliche Haut ist.

Wundert euch nicht: Wir haben diesmal die Namen nicht ins Deutsche übersetzt, sondern original so belassen, wie die Autorin Lynne Reid Banks sie geschrieben hat. Kleiner Büffel heißt also Little Bull, die Squaw Silberstern bleibt Twin Stars und Cowboy Bill bleibt Boone. (Auch in dem wunderschönen amerikanischen Film sind übrigens ein paar Namensänderungen.) Laßt euch davon nicht beirren: Little Bull, Twin Stars und Boone haben zwar «neue», das heißt ihre ursprünglichen Namen, aber ihr Herz, Charakter und Temperament sind natürlich dieselben geblieben.

Eine Niederlage

Omri pirschte vorsichtig aus dem Bahnhof. Raus auf die Haffstraße.

Jemand hatte mit schwarzer Sprühdose auf dem Straßenschild an der Ecke aus dem H von Haff ein K gemacht. Nun hieß es Kaffstraße. Viel passender als Haff, dachte Omri. Haff klingt so schön nach Meer. Und Omri hätte viel lieber irgendwo am Meer gewohnt. Ehrlich gesagt: überall sonst auf der Welt lieber als in dieser Kaffstraße. Er hatte sich Mühe gegeben, zu verstehen, warum seine Eltern ausgerechnet hierher umziehen mußten. Natürlich, das neue Haus war größer, der Garten auch. Aber diese Gegend! Total heruntergekommen.

Omris Vater konnte es nicht leiden, wenn Omri sagte: Heruntergekommen! Aber *der* hatte ja auch das Auto. Der mußte nicht jeden Tag fast einen Kilometer diese Kaffstraße runtergehen, um zum Bahnhof zu kommen. Omris Schulweg. Und jetzt noch mal auf seinem Nachhauseweg am düsteren Nachmittag. Oktober, und die Uhren waren schon wieder zurückgestellt. Deshalb war es schon so gut wie dunkel, als er aus dem Bahnhof rauskam. Omri war zwar eines von vielen Kids, die hier um diese Zeit auf der Kaffstraße herumliefen und rumhingen. Aber er war der einzige in Schuluniform. Klar, er hatte sein Jackett und die Krawatte schon im Zug in seine Schultasche gestopft. Aber da waren dann immer noch das weiße Hemd, die schwarze Hose und der graue Pullover. Egal, wie er die auch knüllte. Er fiel auf unter all den anderen. Und er mußte an ihnen vorbei.

Diese anderen gingen alle auf eine Schule in der Nähe, wo keiner eine Uniform tragen mußte. Am liebsten hätte Omri seine Eltern angebettelt, die Schule wechseln zu dürfen. Dann wäre er nicht ewig Außenseiter. Oder vielleicht doch. Er konnte sich nicht richtig vorstellen, mit diesen Typen zur Schule zu gehen. Seit über einem halben Jahr schlug er sich jeden Wochentag mit ihren hirnlosen Anfeindungen rum. Inzwischen waren sie für ihn so gräßlich wie eine tolle Meute.

Der Trupp, der da an der Ecke bei der Spielhalle auf ihn lauerte, den kannte er inzwischen. Und sie kannten ihn. Sie warteten auf ihn, wenn sie nichts Besseres vorhatten. Sein Auftauchen war jedesmal der Lichtblick des Tages. Ihre Gesichter leuchteten regelrecht vor Häme, sobald sie ihn kommen sahen. Er mußte seinen ganzen Mut zusammennehmen, um überhaupt weiterzugehen.

In solchen Augenblicken mußte er an Little Bull denken. Little Bull hatte Omri gerade mal bis zum Knöchel gereicht. Trotzdem hatte er sich niemals einschüchtern lassen. Wenn er jemals Angst ausgestanden hatte, war sie ihm jedenfalls nicht anzumerken gewesen.

Omri war gar nicht viel kleiner als diese Typen da. Sie waren nur einfach so viele. Und er war allein. In Wirklichkeit waren sie ja nichts weiter als Jungs wie er. Bloß ein paar Jahre älter. Und trotzdem waren sie nicht wie er. *Die Ratten*, sagte er sich selbst, um sich für den Kampf aufzustacheln. *Die Schweine. Die Stinker. Die Mistkerle.* Eine Schande wär's, sie merken zu lassen, daß sie ihm nackte Angst einjagten. Er hielt die Schultasche fest an beiden Griffen und rannte weiter.

Hätte er bloß Boones Revolver oder Little Bulls Messer oder Pfeil und Bogen und die Axt. Könnte er bloß kämpfen wie ein Cowboy oder ein indianischer Krieger! Wie er's diesen Typen zeigen würde!

Der Kerl, an dem er zuerst vorbei mußte, war ein Skinhead, genau wie ein paar von den anderen. Mit dem kahlrasierten Kopf sah der tierisch aus. Ein plattes, fahles Gesicht und mindestens fünf Goldringe in einem Ohr. Omri hätte besser einen kleinen Schlenker machen sollen, um außer Reichweite zu sein. Aber er wollte sich einfach nicht den Weg abschneiden lassen. Der Skinhead ließ seinen Stiefel vorschnellen. Damit hatte Omri gerechnet und sprang blitzschnell drüber weg. Jetzt kam Bewegung in den restlichen Haufen. Omri merkte, es war Zeit, sich aus dem Staub zu machen. Rennen war die einzige Chance. Er wetzte los. Die schwere Tasche wie ein Klotz am Bein.

Viele Hände grapschten nach ihm, als er vorbeirannte. Eine schnappte zu und hielt ihn fest. Er schlug mit der Tasche um sich. Das saß. Der Junge ließ heulend los, knickte vornüber und stöhnte: «Oouuh!» Omri erinnerte sich genau, wie Boone Little Bull einen Tritt in die Magengrube verpaßt hatte, als sie sich noch bekämpften. Little Bull hatte einen ähnlichen Laut ausgestoßen.

Ein anderer packte Omri am Hemd. Omri rannte weiter und hörte den Stoff reißen. Er schlug mit seiner Tasche um sich, verfehlte den Angreifer. Die Tasche riß ihn im Kreis herum. Höhnisches Gejohle. Heiße Wut stieg in ihm hoch. Jetzt war er aufgeputscht, wollte stillstehen, sich dem Kampf stellen, aber dann sah er ihre blöden Fratzen. Darauf warteten die ja nur. Sie würden ihn verdreschen. Das hatten sie schon einmal gemacht. Und er war nach Hause gestolpert, die Nase blutig, die Schulter vom Asphalt aufgeschürft. Ein Schuh futsch. Seine Schultasche weg. Er hatte noch mal zurückgehen müssen (Adiel, sein ältester Bruder, war mitgekommen). Seine Bücher hatte er überall auf dem Boden verstreut aufgelesen, die Tasche war zerrissen, halbvoll mit ekelhaftem Müll.

Aus dieser Erfahrung hatte Omri gelernt. Er raste weg und haßte sich dafür. Seine Feinde haßte er noch mehr. Sie verfolgten ihn nicht weiter. Zu viel Mühe. Aber ihr widerwärtiges Brüllen und Johlen hörte er noch bis zum Gartentor.

Erst am Tor lief er langsamer. Hier war sicherer Boden. Eine andere Welt. Das Grundstück war von einer hohen Hecke umgeben, die es von der Straße abschirmte. Das Haus war ein schönes Haus. Das mußte Omri zugeben. Er konnte ins warme, hellerleuchtete Wohnzimmer sehen. Vertraute Möbel und Lampen, Schnickschnack und Bilder an der Wand.

Seine Mutter konnte er da drinnen sehen, wie sie gerade das Kaminfeuer mit einem Streichholz anzündete. Omri blieb einen Moment lang in der Dämmerung stehen. Er schaute so gern in die Flammen. Sie erinnerten ihn an Little Bull und die winzigen Lagerfeuer, die der Indianer draußen vor seinem Tipi entfacht hatte. An den Liebestanz, den er um sein Feuer herum getanzt hatte bei seiner Hochzeit mit Twin Stars.

Omri seufzte. Das war jetzt über ein Jahr her. Kein einziger Tag war vergangen, an dem er nicht an seinen Indianer gedacht hatte und all die verrückten Abenteuer, die sie zusammen erlebt hatten.

Omri war seitdem ziemlich erwachsen geworden. Manchmal hätte er gerne geglaubt, daß das alles nur ein Traum gewesen war. Ein Plastikindianer, der lebendig wird – völlig absurd! Er hatte versucht, die Erinnerung zu verdrängen. Aber das klappte nicht, es ließ sich nicht bequem wegschieben. Alles kam ihm noch immer unglaublich wirklich vor, als sei es erst an diesem Morgen passiert.

Das Schränkchen. Der ganz besondere Schlüssel, den ihm seine Mutter gegeben hatte. Und Magie. Eine Magie, die Plastikleute lebendig werden ließ... Es *war* passiert, all das war wirklich passiert! Aber vor drei Tagen hatte sich doch Patrick so komisch benommen. Das hatte Omri unsicher gemacht. Er zweifelte plötzlich an seinen eigenen Erinnerungen.

Auch sein Freund Patrick war umgezogen. Während der Scheidung seiner Eltern waren Patrick, die Mutter und sein Bruder gleich ausgezogen. Das war vor einigen Monaten passiert. Anfangs hatten die beiden Freunde einander geschrieben, und irgendwie wurden die Briefe dann immer seltener. Erst vor drei Tagen hatten sich die beiden wiedergesehen. Omri kam durchs Schultor ihrer alten Schule – Omri war im letzten Jahr vor der Mittelstufe –, und Patrick wartete dort auf ihn.

Patrick war gewachsen. Sein Gesicht sah verändert aus. Sie standen voreinander, grinsten verlegen und wußten nicht recht, was sie sagen sollten.

«Wie geht's dir so?» sagte Patrick endlich.

«Nicht schlecht, seid ihr wieder hergezogen?»

«Nein. Nur zu Besuch. Ich dachte, ich komm mal vorbei und guck mir die alte Schule an.»

Sie machten sich auf den Weg zum Bahnhof.

«Gefällt's dir, wo du jetzt wohnst?» fragte Omri.

«Klar, auf dem Land ist's nicht übel. Wenn du dich erst mal

dran gewöhnt hast. Ich hab ein paar neue Freunde, und das Häuschen ist ganz nett. Ein bißchen komisch, nur zu dritt.»

Omri ließ ihn mit Fragen in Ruhe. Er konnte es sich nicht vorstellen, ohne *seinen* Vater zu leben. Aber sein Vater schlug ihn ja auch nicht.

Sie redeten weiter, etwas verlegen und stockend, aber langsam tauten sie auf. Am Bahnhof war es dann fast schon wieder so, als wäre Patrick nie weggegangen, als wären sie noch immer die alten Kumpel. Deshalb zögerte Omri auch nicht zu fragen: «Wo hebst du Boone und das Pferd auf?»

Patrick stolperte fast. Es war wie ein Schluckauf in seinen Füßen.

«Von was redest du da?»

Ein kleiner kalter Schauer lief Omri den Rücken runter. Er blieb stehen.

«Von Boone.»

Auch Patrick blieb stehen. Er starrte über Omris Schulter hinweg zum Bahnhof.

«Was schwafelst du da? Wer ist Boone?»

Omri runzelte die Stirn. Meinte Patrick das ernst, oder wollte er ihn bloß verkohlen? Eigentlich war Patrick keiner, der Freunde verkohlt.

«Weißt du doch. Dein Cowboy.»

Beide schwiegen. Patrick rieb Daumen und Zeigefinger gegeneinander. Es gab ein trockenes, nervöses Geräusch.

«Dein Cowboy, so wie Little Bull mein Indianer war», sagte Omri.

Er konnte gar nicht fassen, was da vor sich ging, und redete weiter.

«*Den* hab ich natürlich noch. Die Plastikfigur, mein ich.

Erinnerst du dich, wie er mit Twin Stars vor sich auf dem Pony saß und seine Hand zum Abschied hob, als wir grade die Schränkchentür zumachten, um sie zurückzuschicken?»

Das Schweigen schien wie eine Ewigkeit. Plötzlich riß Patrick den Kopf herum und sah Omri wütend ins Gesicht.

«Du redest totalen Müll», sagte er laut. «Ich hab dir ’nen Plastikindianer zum Geburtstag geschenkt. Mehr nicht.»

Er sah hastig auf seine Uhr. «Meine Mutter wartet auf mich. Tschüß.» Und weg war er.

Hier draußen im neuen Garten, über den sich die Dunkelheit breitete, kam Omri jetzt eine Idee, die alles Merkwürdige und Beunruhigende erklärte.

Vielleicht will Patrick sich einfach nicht dran erinnern, dachte er. So eine Sache, na ja… die macht dich zu was Besonderem, anders als alle anderen. Ein Geheimnis, das du niemals verraten kannst, wenn du nicht willst, daß dich alle für bekloppt halten. Es macht einsam, so ein Geheimnis. Wenn Patrick nicht weggezogen wäre, wenn sie weiter drüber geredet und sich *gemeinsam* dran erinnert hätten, dann hätte er es sicher nie abgestritten oder versucht, so zu tun, als sei alles nie passiert.

Ein Sieg

Omri kam durch die Seitentür ins Haus, direkt in die Küche. Kitsa, seine schwarzweiße Katze, saß auf dem Küchentisch. Mit ihren klugen grünen Augen beobachtete sie, wie er sich ein Glas Wasser eingoß.

«Du hast da oben nichts zu suchen, Kitsa», sagte er. «Das weißt du doch.»

Sie starrte ihn weiter gelassen an. Er bespritzte sie mit ein paar Wassertropfen, sie beachtete es einfach nicht. Er lachte und streichelte ihr den Kopf. Omri war verliebt in sie, ihre Unabhängigkeit und ihren Eigensinn.

Er machte sich ein Brot mit Butter und Nutella und nahm es mit ins Frühstückszimmer, eigentlich das Eßzimmer für jede Mahlzeit. Omri setzte sich hin und blätterte die Comicseite der Zeitung auf. Kitsa kam herein und machte einen Satz. Nicht auf sein Knie, sondern auf den Tisch, wo sie es sich mitten auf der Zeitung bequem machte, genau auf dem Teil, den er sich anguckte. So etwas machte sie ständig – sie konnte es nicht ausstehen, Leute lesen zu sehen.

Es war ein langer Tag gewesen. Omri legte seinen Kopf auf den Arm; auf gleicher Höhe mit Kitsas Gesicht, unterhielt er sich wortlos mit ihr. Nur Blicke von Auge zu Auge. Er fühlte sich schläfrig und selbst wie eine Katze. Als seine Mutter hereingestürzt kam, fuhr er erschrocken hoch.

«Oh, Mama … trampel doch nicht so hier rein!»

«Omri!»

Sie machte ein komisches Gesicht. Augen und Mund waren aufgeregt. Sie starrte ihn verwundert an.

Er setzte sich auf, sein Herz klopfte. «Was ist los?»

«Da ist ein Brief für dich», sagte sie mit seltsamer Stimme, die zu ihrem verblüfften Blick paßte.

«Ein Brief? Für mich? Von wem?»

«Ich … ich habe ihn aufgemacht.»

Sie reichte ihm einen langen Umschlag, oben schon aufgerissen. Der Umschlag war bedruckt. Omris Name und seine Adresse in Schreibmaschinenschrift. Omri starrte ihn an. Da stand «Telekom – *Ihr* Kommunikationsservice». Das konnte nicht sein. Das konnte doch nicht sein. Der Brief lag neben Kitsa auf dem Tisch, und er rührte ihn nicht an. (Dieses eine Mal schien seine Mutter gar nicht zu bemerken, daß die Katze da war. Normalerweise scheuchte sie sie weg.)

«Wieso hast du ihn aufgemacht?» fragte Omri.

«Ach Schatz, weil ich nicht auf den Namen geguckt hab. Ihr Jungs kriegt nicht so viel Post.»

Sie lachte kurz und etwas nervös. Omri konnte sich schon vorstellen, wie das passiert war. Er wünschte eben nur … eben nur, daß er es als erster hätte lesen können.

«Na los – lies es!»

Er nahm den Umschlag in die Hand und zog den Brief heraus.

Lieber Omri,
wir sind sehr erfreut, Dir mitzuteilen, daß Deine Geschichte, *Der Plastikindianer*, den ersten Preis Deiner Altersgruppe gewonnen hat in unserem Telekom Schreibwettbewerb.

Wir finden, daß Du eine großartige Geschichte geschrieben hast, die von außergewöhnlicher Vorstellungskraft und Phantasie zeugt. Unsere Preisrichter haben sie zur Veröffentlichung vorgeschlagen.

Dein Preis von 1000 DM wird Dir auf der Party übergeben werden, die wir am 25. November im Savoy Hotel für alle Gewinner veranstalten.

Eine Einladung wird Dir noch zugeschickt werden.

Wir möchten Dir zu Deinem Erfolg herzlich gratulieren.

Mit freundlichen Grüßen,
Kritzel Kritzel,
Wettbewerbsdirektor für Telekom

Omri bestaunte den Brief noch eine Weile, nachdem er ihn längst durchgelesen hatte. Am liebsten wäre er im Zimmer hin und her gerast, hätte seine Mutter umarmt und Triumphrufe ausgestoßen. Tatsächlich aber saß er nur da und starrte den Brief an. Mit einem heißen Glücksgefühl, zu erstaunt, um sich zu rühren oder etwas zu sagen. Er merkte gar nicht, daß seine Hand Kitsa streichelte, wieder und wieder von der Nasenspitze zur Schwanzspitze, während sie auf der Zeitung lag und vor Seligkeit schnurrte.

Seine Mutter holte ihn aus dieser merkwürdigen Trance.

«Mein Schatz? Weißt du überhaupt, wie phantastisch das ist? Und du hast nie ein Wort gesagt!»

In diesem Augenblick kam sein Vater herein. Er hatte so

lange im Garten gearbeitet, bis er im Dunkeln nichts mehr sehen konnte. Das machte er oft. Jetzt stampfte er in der offenen Tür den Matsch von seinen Stiefeln ab. Ausnahmsweise kümmerte seine Mutter der Matsch diesmal überhaupt nicht. Sie zerrte ihn beinah ins Zimmer hinein.

«Oh, komm doch rein, und hör dir diese phantastische Neuigkeit an! Ich wär fast geplatzt. Den ganzen Tag wollt ich's dir schon sagen. Omri – sag's ihm. Sag's ihm!»

Wortlos gab Omri seinem Vater den Brief. Schweigen, bis sein Vater dann respektvoll flüsterte: «Heiliger Strohsack. Tausend Mark!»

«Nicht das *Geld*!» rief seine Mutter. «Sieh doch, sieh, was sie über seine *Geschichte* sagen! Er muß brillant sein. Und wir haben nie gewußt, daß er Talent zum Schreiben hat.»

Sie kam zu Omri herüber und erstickte ihn fast mit ihrer Umarmung. «Wann dürfen wir die Geschichte lesen? Oh, warte nur erst, bis die Jungs das hören...»

Seine Brüder! Ja. Das würde der größte Spaß. Sie benahmen sich immer so, als sei er für alles zu doof. Und es dann in der Schule zu erzählen! Seiner Englischlehrerin würde Hören und Sehen vergehen. Vielleicht würde Mr. Johnson, der Direktor, ihn bei der Schulversammlung aufrufen und die Sensation verkünden, und alle würden jubeln, und er würde aufgefordert, die Geschichte laut vorzulesen... Omri war wie betäubt vor Aufregung, so unglaublich war das alles. Er sprang auf.

«Ich hol schnell meine Kopie, und dann könnt ihr sie lesen», sagte er.

«Oh, du hast eine Kopie gemacht?»

«Ja, das stand in den Teilnahmebedingungen.» Er hielt in

der Tür inne und drehte sich um. «Ich hab's auf deiner Schreibmaschine geschrieben, als ihr nicht da ward.»

«Hast du also, was! Das muß dann wohl der Abend gewesen sein, als alle Tasten ein einziges Kuddelmuddel waren.» Seine Mutter war nicht wirklich verärgert.

«Und ich hab mir Papier und Durchschlagpapier von Papas Schreibtisch geborgt. Und einen großen Umschlag zum Wegschicken.»

Seine Eltern sahen sich an. Beide strahlten sie vor Stolz, genauso wie damals, als Gillon nach Hause gekommen war und verkündet hatte, daß er in der Schule einen Schwimmrekord gebrochen hatte, und als Adiel alle Prüfungen für die mittlere Reife bestanden hatte. Als er sie so ansah, war Omri plötzlich klar, daß er nie erwartet hatte, die Eltern seinetwegen einmal so strahlen zu sehen.

«Also», sagte sein Vater betont ernst, «jetzt kannst du's mir zurückzahlen: Du schuldest mir das Geld für die Briefmarke.» Dabei verzog sich sein Gesicht zu einem Grinsen.

Omri stürmte die Treppe rauf. Sein Herz klopfte wie wild. Er hatte gewonnen, wirklich gewonnen! Er hatte sich gar nicht getraut, das zu hoffen. Sicher hatte er ein bißchen davon geträumt. Schließlich hatte er ja sein Bestes gegeben, und es *war* einfach von Anfang an eine tolle Geschichte. *Vorstellungskraft und Phantasie,* was? Das war das einzige, was sie wußten. Die echte Arbeit hatte darin gesteckt, *wie* er es geschrieben und umgeschrieben und nach Rechtschreibfehlern durchsucht hatte, bis er sich endlich ganz sicher war, daß jedes Wort stimmte. Er hatte Adiel dazu überredet, ihm dabei zu helfen – natürlich ohne ihm zu sagen, wofür es eigentlich war.

«Steigbügel? Mais? Irokesen?»

«*Irokesen!*» hatte Adiel gerufen.

«Das ist der Name eines Indianerstammes», sagte Omri. So was nicht zu wissen! Omri hatte inzwischen so viele Bücher über nordamerikanische Indianer gelesen, daß er vergessen hatte, daß nicht jeder auf dem Gebiet so bewandert war wie er selbst.

«Tja, ich hab keine Ahnung, wie man das schreibt. I-R-O-K-Ä-»

«Nee, so nicht, nicht wie Käse. Egal, das weiß ich schon, wollt nur mal sehen, ob du's auch kennst. Whisky?»

Adiel buchstabierte es und fragte dann: «Was in aller Welt schreibst du denn da bloß? Was für 'n Sammelsurium komischer Wörter!»

«Das ist für eine Geschichte. Ich muß sie so perfekt hinkriegen, wie's nur geht.»

«Aber wovon handelt die? Laß doch mal sehen», sagte Adiel und grapschte nach dem Heft.

Omri wich ihm aus. «Laß das! Ich werd sie dir zeigen, wenn ich fertig bin. Weiter. Verband?»

Adiel buchstabierte es (Omri hatte es richtig geschrieben), und dann zögerte Omri, bevor er sagte: «Schränkchen?»

Adiel runzelte die Stirn.

«Du schreibst doch wohl nicht davon, wie ich dein Geheimschränkchen versteckt hab, das ach so schrecklich geheime, als du meine Fußballshorts geklaut hattest?»

«Hab ich gar nicht...»

«Als der Schlüssel weg war und du so einen bekloppten Wirbel drum gemacht hast? Du wirst ja wohl nicht *mich* in irgend so eine dämliche Geschichte für die Schule stecken.»

«Ich ändere die Namen», sagte Omri.

«Das rat ich dir auch! Noch mehr Wörter?»

Omri las leise weiter bis zum nächsten längeren Wort. «Großmütig.»

«Mann», sagte Adiel sarkastisch. «Wette, du weißt nicht mal, was das bedeutet.»

«Und ob ich's weiß. Nobel.»

«Wo hast du das her?»

«Die Irokesen waren unerbittlich im Kampf, unerschütterlich in ihren Bündnissen, großmütig im Sieg» zitierte Omri.

«Du klingst wie Winston Churchill», sagte Adiel. Aber jetzt war eine Spur Bewunderung in seiner Stimme. «Mach's nur nicht zu protzig, okay? Du kriegst nur 'ne schlechtere Note, wenn der Lehrer glaubt, du hast es irgendwo abgeschrieben.»

«Das hab ich nicht *geschrieben*, du *Trottel*», sagte Omri. «Ich hab das in einem Buch gelesen.» Langsam kam er aber doch auf den Geschmack für lange Wörter. Später ging er seine Geschichte noch mal durch, um völlig sicher zu sein, daß er nicht zu viele benutzt hatte. Seine Lehrerin sagte immer wieder: «Schreibt so einfach wie möglich. Haltet euch an das, was ihr kennt.» Würde kaum jemand glauben, wie genau er sich diesmal an die Wahrheit gehalten hatte!

Und die nannten es... *Vorstellungskraft und Phantasie*...

Er blieb auf der Treppe stehen. Hatte er gemogelt? Es sollte doch eine ausgedachte Geschichte sein. So stand das in den Teilnahmebedingungen. Oder etwa nicht? Das bedeutet doch «Geschichtenschreiben», sich was ausdenken, oder? Etwas, was wahrhaftig passiert war, konnte man sich nicht ausdenken... Man konnte nur nach der besten Art und Weise suchen, es aufzuschreiben. Natürlich hatte er manche Stellen erfinden müssen. So genau seine Erinnerungen an Little Bull und Boone auch waren, er konnte sich nicht an jedes einzelne Wort erinnern, das sie jemals gesagt hatten. Omri runzelte die Stirn und lief die Treppe rauf. Er hatte ein etwas ungutes Gefühl, aber andererseits… Niemand hatte ihm geholfen. Die Art und Weise, wie er die Geschichte geschrieben hatte, war ganz und gar seine eigene. Jetzt konnte er es sowieso nicht mehr ändern.

Langsam und nachdenklich ging er die Treppen rauf zu seinem Zimmer, ganz oben im Haus.

Wie alles anfing

Omri war eher still und zurückgezogen. Jedenfalls brauchte er viel Zeit für sich allein. Deshalb war sein Zimmer ganz oben unterm Dach genau das richtige für ihn.

Im alten Haus hatte sein Zimmer zwischen allen anderen gelegen, die vom Treppenaufgang abgingen. Manchmal war es da wie auf dem Bahnhof zugegangen. Sein neues Zimmer war weit ab vom Schuß. Niemand hatte hier oben was zu suchen, seiner Meinung nach. Nicht mal vor seiner Tür und schon gar nicht dahinter. Nun, wo er alles so eingerichtet hatte, wie es ihm paßte, kam es vor, daß er total vergaß, wie schlimm es war, in der Kaffstraße zu wohnen. Sogar das ließ sich aushalten, wenn er dafür ein solches Zimmer hatte.

Kein sonderlich großes Zimmer, darum hatte sein Vater ihm direkt unterm Dachfenster eine Plattform gebaut, auf der er schlafen konnte. Das war toll, weil er in den Nachthimmel sehen konnte. Unter seinem Hochbett standen Schreibtisch und Regale für seine Sammlung von alten Flaschen, Schlüsselanhängern und Holztieren. Die Wand gegenüber dem Fenster war mit seinen Postern zuplakatiert. Ein Mischmasch aus Alt und Neu, von Snoopy und den frühen Beatles bis zu The Police und einem versauten, komischen Exhibitionisten, der im Aufzug steckenbleibt. Den Ehrenplatz hatten zwei große Fotos von Irokesenhäuptlingen. Er hatte sie in Zeitschriften gefunden.

Keiner dieser Indianer sah Little Bull auch nur im geringsten ähnlich, aber sie gefielen Omri trotzdem. Seine Anziehsachen waren im Flur verstaut, so daß sein Zimmer nicht damit vollgestopft war. Blieb also reichlich Platz für seine Sitzsäcke, einen niedrigen Tisch (er hatte die Beine halb abgesägt, nachdem er ein Bild von einem japanischen Zimmer gesehen hatte), den Kassettenrecorder und seine neueste Anschaffung – eine alte Truhe.

Die hatte er auf dem Flohmarkt gefunden, völlig verdreckt und verschmiert. Er hatte sie nach ein bißchen Feilschen für acht Mark erstanden und sich dann die Transportkarren vom Händler geliehen und sie um die Ecke in die Kaffstraße bugsiert. Im Garten hatte er das Möbel mit einem Spachtel und Schmirgelpapier wieder in Schuß gebracht, bevor er das Stück rauf in sein Zimmer hievte.

Die Truhe hatte sich als ein Schmuckstück entpuppt. Genau, wie es der Mann auf dem Markt versprochen hatte. Sie war aus Eichenholz, mit Eisenscharnieren beschlagen, und obendrauf war ein Messingschild, auf dem der Name des ersten Besitzers stand. Omri hatte seinen Augen nicht getraut, als da unter den Schichten von Dreck ein Name auf dem Schild zum Vorschein kam. Da stand L. Buller. *L. Buller*... Little Bull! Sicher war das glatter Zufall, aber Omri dachte bei sich: *Wenn ich abergläubisch wäre*... Jede Woche polierte er das Messing. Irgendwie fühlte er sich damit Little Bull näher.

Die Truhe war nicht nur originell und schön, sondern auch praktisch. Omri benutzte sie, um alles Mögliche drin zu verstauen. Sie hatte nur einen Fehler: ein Schloß ohne passenden Schlüssel. Also häufte er Kissen und andere Sachen drauf und tat so, als sei das eine Bank. So merkte niemand, der mal durch sein Zimmer stöberte (das kam immer noch manchmal vor: Mütter putzen und Brüder schnüffeln rum, um sich was zu «borgen»), daß in der Truhe eine ganze Menge interessanter und persönlicher Dinge waren.

Jetzt kniete Omri vor der Truhe und stellte einen Stapel Kassetten zu Boden und dann einen Expander (er wollte unbedingt seine Muskeln trainieren), ein paar Kissen, drei Ausgaben von *Mad* und noch anderes Zeug. Dann öffnete er den Deckel der Truhe. Innen war ein heilloses Tohuwabohu, aber Omri wußte, wo er wühlen mußte. Beim Stöbern auf der Suche nach der Mappe, in der er seine Geschichte aufhob, stießen Omris Finger auf Metall und verharrten einen Moment. Dann schob er vorsichtig einige andere Sachen beiseite und hob das Metallding heraus. Ein kleines weißes Schränkchen, die Tür hatte einen Spiegel auf der Außenseite und ein Schlüsselloch – ein altmodisches Schränkchen. Er stellte es auf den japanischen Tisch. Die Tür schwang auf. Außer einem einzigen Bord war es ganz leer. Genauso leer, wie es gewesen war, als er es bekommen hatte. Vor etwas über einem Jahr hatte er es als ziemlich seltsames Geburtstagsgeschenk von Gillon gekriegt. Omri hockte sich davor und begutachtete es.

Wie deutlich ihm alles wieder in den Sinn kam: das Schränkchen, der merkwürdige kleine Schlüssel, der einmal seiner Großmutter gehört hatte und auf so geheimnisvolle Weise haargenau in das Allerweltsschloß paßte und dieses stinknormale Kästchen in eine Zeitmaschine verwandelte. Eine Zeitmaschine, die mit einem magischen Trick ausgestattet war. Leg irgendein Plastikobjekt – eine Axt, ein indianisches Tipi, einen Köcher, Pfeile – hinein, mach die Tür zu, dreh den Schlüssel herum – und diese Dinge werden echt. Winzig, aber echt. Echtes Leder, echter Stoff, echter Stahl. Stell die Plastikfigur eines Menschen oder eines Tieres hinein, und in Sekunden, die man braucht, um sie einzuschließen, werden auch sie echt. Echt und lebendig. Und nicht nur «lebendige Spielzeugmännchen», sondern Leute aus einer total anderen Zeit, mit ihrem eigenen Leben, ihrer eigenen Persönlichkeit, ihren Bedürfnissen und Wünschen...

O nein, es war nicht nur ein großer Spaß gewesen oder ein Spiel, wie Omri das zuerst so naiv erwartet hatte. Little Bull war kein Spielzeugmann, der sich einfach damit abfand, daß mit ihm «gespielt» wurde. Trotz seiner winzigen Statur war er ein mutiger Wilder, kriegerisch und herrschsüchtig.

Omri war klar, daß Erwachsene ihm all das wegnehmen würden, wenn sie von den Zauberkräften des Schränkchens Wind bekämen. Das Schränkchen würden sie ihm wegnehmen, den Indianer und alles andere natürlich auch. Darum hatte Omri es strikt geheimgehalten und seinen Indianer, so gut er konnte, behüten, verpflegen und schützen müssen. Und die Probleme waren erst losgegangen, als Patrick dem Geheimnis auf die Spur gekommen war und seinen texanischen Cowboy ins Schränkchen geschmuggelt hatte, weil er auch so einen «kleinen Mann» haben wollte.

Little Bull und Boone waren von vornherein Feinde. Ein paarmal hätten sie sich beinahe gegenseitig umgebracht. Selbst ihre Ponys hatten nur Schwierigkeiten gemacht. Und dann hatte Adiel eines Tages einfach das Schränkchen genommen. Dabei war der Schlüssel aus dem Schloß gefallen und verlorengegangen. Omri und Patrick hatten befürchtet, daß der Zauber verloren sein könnte und daß diese klitzekleinen und hilflosen Menschen nun für immer in Omris Zeit bleiben müßten, in seiner «Riesen»welt und in seiner Obhut – für immer.

Die panische Angst, die diese Vorstellung ihnen allen eingejagt hatte, überzeugten Omri schließlich, daß er seinen indianischen Freund (denn wie Freunde waren sie da schon geworden) ziehen lassen mußte und die kleinen Leute zurückschicken. Zurück in ihre eigene Zeit durch den Zauber des Schränkchens. Als der Schlüssel endlich wieder auftauchte, waren sie alle einverstanden mit diesem Entschluß. Aber es war schwer, sich zu trennen. Boone, der für einen Cowboy verdammt weichherzig war, hatte sogar geweint. Und auch die Augen der Jungen waren verräterisch feucht gewesen... Omri erlaubte sich selten, an diese Augenblicke zurückzudenken. Sie machten ihn endlos traurig.

Als sie das Schränkchen wieder aufgemacht hatten, standen da die zwei Gruppen: Little Bull und Twin Stars, die Frau, die Omri für ihn gefunden hatte, beide auf Little Bulls Pony, und «Buhu»-Boone auf seinem weißen Pferd. Bloß waren sie nun wieder aus Plastik. Patrick hatte Boone genommen und in seine Tasche gesteckt. Und Omri hatte die Indianer behalten. Er hütete sie immer noch. Sie lagen in ein Holzkästchen gepackt, das er versteckt am Boden der Truhe aufbewahrte. Es war eigentlich ein Kästchen-im-Kästchen-im-Kästchen. Jedes war fest mit einer Schnur zugebunden. Für diese Übervorsicht gab es einen Grund. Omri wollte, daß es schwer war, an sie ranzukommen. Er wußte genau, daß es ihn schrecklich verlocken würde, Little Bull und Twin Stars wieder in das Schränkchen zu stellen und zum Leben zu erwecken. Er war unendlich neugierig darauf, wie es ihnen wohl ging. Das quälte ihn jeden Tag. Sie hatten in gefährlichen Zeiten gelebt, Kriegszeiten, da gab es Stammesfehden und Kriege. Franzosen und Engländer unterstützten und förderten das, denn diese zwei Nationen kämpften ja damals auf amerikanischem Boden. Boones Zeit war die Zeit der Pioniere in Texas. Hundert Jahre nach Little Bulls Epoche. Auch sie war gefährlich.

Und da war noch ein anderer kleiner Mann: Tommy, der Sanitäter aus Frankreichs Schützengräben im Ersten Weltkrieg. Ihn hatten sie ins Leben gezaubert, damit er Little Bull verarzten konnte, als der von einem Pferd getreten worden war, und Boone, als der fast an einer Pfeilwunde gestorben wäre... Tommy könnte möglicherweise sogar noch in Omris Welt leben. Aber er würde steinalt sein, ungefähr neunzig Jahre.

Omri hatte die Macht, sie alle wieder ins Leben zurückzurufen. Ja sogar in ihre Jugend, indem er einfach die Plastikfiguren ins Zauberschränkchen stellte und den Zauberschlüssel im Schloß drehte. Er konnte sie einfach aus der Vergangenheit herauslocken. Die ganze Angelegenheit brachte ihn fast um den Verstand. Um zu verhindern, daß er der großen Versuchung nachgab, hatte er seiner Mutter den Schlüssel gegeben. Sie trug ihn an einer Kette um den Hals. Manchmal fragten sie Leute danach, und seine Mutter sagte dann: «Der gehört eigentlich Omri, aber er leiht ihn mir.»

Das war nicht die ganze Wahrheit. Omri hatte ihn ihr regelrecht aufgedrängt, sie bekniet, ihn aufzubewahren. Ihn zu bewahren – nicht nur davor, daß er wieder verlorenginge, sondern ihn auch vor *Omri* zu bewahren. Vor seinem Verlangen, ihn wieder zu benutzen, den Zauber wieder in Gang zu bringen, seine Freunde zurückzuholen. Die Zeit zurückzuholen, in der sein Leben am aufregendsten und gefährlichsten gewesen war.

So süß ist Triumph

Als Omri mit der Kopie seiner Geschichte die Treppe runterkam, waren seine beiden Brüder schon aus der Schule zurück.

Sie hatten bemerkt, daß die Eltern ziemlich flatterig vor Aufregung waren, und drängten sie jetzt lauthals, zu berichten, was los war. Aber Omris Mutter und Vater waren so fair, sich nicht überreden zu lassen, diese Überraschung zu ruinieren. Als Omri ins Zimmer kam, drehte sein Vater sich um und deutete auf ihn.

«Es ist Omris Neuigkeit», sagte er. «Fragt ihn! Er soll's euch sagen.»

«Also?» sagte Adiel. «Spann uns jetzt nicht auf die Folter.»

«Ach, ich hab bloß einen Preis gewonnen», sagte Omri mit gespielter Gelassenheit. «Da, Mama.» Er reichte ihr die Mappe, und sie ging damit aus dem Zimmer und sagte, sie könne keinen Moment länger warten und müsse alles auf der Stelle lesen.

«Einen Preis für was?» fragte Adiel herablassend.

«Hast du etwa ein Eselrennen gewonnen?» wollte Gillon wissen.

«Nichts Bbesonderes, nur für eine Geschichte», sagte Omri. Es war eine Ewigkeit her, daß er sich so wunderbar gefühlt hatte. Er wollte es bis zum letzten auskosten.

«Was für 'ne Geschichte?» fragte Adiel.

«Was für 'n Preis?» fragte Gillon.

«Ihr wißt schon, der Telekom-Wettbewerb. Dafür gab's doch diese Werbung im Fernsehen. Man sollte hinschreiben, um eine Broschüre anzufordern.»

«Ach das», sagte Adiel und ging in die Küche, um sich etwas zu essen zu holen.

Gillon starrte ihn an. Er guckte sich Werbung immer sehr aufmerksam an und erinnerte sich an eine Einzelheit, die Adiel offenbar entgangen war.

«Das waren Geldpreise», sagte er langsam. «Tolle Geldpreise.»

Omri brummte irgend etwas, setzte sich an den Tisch und bugsierte Kitsa, die noch immer da lag, auf seinen Schoß.

«Wieviel?» drängelte Gillon.

«Hm?»

«Wieviel hast du *gewonnen*? Hast du etwa den ersten Preis...»

«Genau.»

Gillon stand auf.

«Niemals... Du hast doch nicht etwa tausend Eier gewonnen?»

Adiels Gesicht tauchte in der Küchentür auf, sein Gesichtsausdruck war dumm vor Staunen.

«WAS! Was hast du da gesagt?»

«Der erste Preis in jeder Kategorie waren tausend Mark. Ich hab selbst überlegt, ob ich mitmache.»

Vor Aufregung und Neid schwankte Gillons Stimme zwischen tiefer und hoher Tonlage hin und her. Er wandte sich wieder zu Omri. «Nun los! Sag's uns.»

«Genau», sagte Omri noch mal.

Er spürte ihre Blicke auf sich gerichtet, und ein riesiges überglückliches Lachen stieg in ihm hoch. So wie damals, als Boone für Omris Kunstunterricht eine winzige, geniale Zeichnung angefertigt hatte. Die Lehrerin wollte damals ihren Augen nicht trauen. Sie hatte gedacht, Omri hätte das irgendwie fertiggebracht.

Dieser Augenblick jetzt mit seinen älteren Brüdern machte aber noch mehr Spaß. Denn dieses Mal hatte *er* es geschafft. Allein.

Wenig später saß er vorm Fernseher, als Adiel leise reinkam und sich neben ihn setzte.

«Ich hab's gelesen», sagte er nach einer Weile. Sein Tonfall war jetzt ganz anders.

«Was? Ach, meine Indianergeschichte.»

«Ja. Deine Indianergeschichte.» Er schwieg einen Moment, und dann sagte Adiel – sein Bruder mit der mittleren Reife in der Tasche – ehrlich, fast kleinlaut: «Das ist eine der besten Geschichten, die ich je gelesen habe.»

Omri sah ihn ungläubig an.

«Du findest sie ehrlich gut?» fragte er eifrig. Egal, wieviel Streit er jeden Tag mit seinen Brüdern hatte, ihre Meinung war ihm wichtig. Vor allem Adiels.

«Du weißt selbst, daß sie genial ist. Wie ist dir das bloß eingefallen? Leute aus einer anderen Zeit und so? Es paßt alles dermaßen gut zusammen, so als... weiß auch nicht. Du hattest mich so weit, daß ich's echt *geglaubt hab*. Und dann noch all die echten Details über die Familie mit reinzubringen. Mann. Ich mein, das war echt super. Ich... nimm's mir nicht übel, ich kann fast nicht glauben, daß du's dir alles ausgedacht hast.»

Nach einer kurzen Pause sagte Omri: «Was willst du damit sagen? Daß ich's aus einem Buch geklaut habe? Hab ich nämlich absolut nicht.»

«Es ist dein eigenes Werk, ganz und gar?»

Omri blickte ihn an. «Mein Werk? Ja. Das ist es. Mein Werk.»

«Auf jeden Fall gratuliere ich dir. Ich find sie toll.» Sie starrten für eine Weile auf den Bildschirm, und dann sagte er: «Du solltest mal zu Mama gehen und mit ihr reden. Sie weint ja richtig.»

Omri machte sich verlegen auf die Suche nach seiner Mutter und fand sie im Wintergarten im hinteren Teil des Hauses. Sie war dabei, ihre Pflanzen zu gießen. Keine Tränen – zu seiner Erleichterung weinte sie nicht –, aber sie lächelte ihn mit etwas feuchten Augen an und sagte: «Ich hab deine Geschichte gelesen, Omri. Sie ist absolut großartig. Kein Wunder, daß du gewonnen hast. Du bist das verschwiegenste kleine Genie, das ich kenne, und ich liebe dich.»

Sie umarmte ihn. Er ließ sich kurz darauf ein und entwand sich dann vorsichtig.

«Wann gibt's Abendessen?»

«Wie immer.»

Er wollte sich schon umdrehen, um zu gehen, hielt dann aber inne und sah sie noch einmal an. Da stimmte doch was nicht – irgendwas Wichtiges fehlte an ihr. Dann fiel ihm ein, was es war, und sein Herz machte vor Schreck fast einen Sprung.

«Mama! Wo ist der Schlüssel?»

Sie griff sich an den Hals.

«Oh... den habe ich heute morgen zum Haarewaschen abgenommen. Er ist oben im Bad.»

Omri hatte nicht rennen wollen, aber er konnte jetzt nicht anders. Er mußte den Schlüssel sehen, um sicher zu sein, daß er nicht weg war. Er raste die Treppe rauf und ins Badezimmer. Da war der Schlüssel. Gleich als er das Bad betrat, sah er ihn auf dem Waschbeckenrand liegen, das Silberkettchen um den Wasserhahn geschlängelt.

Er nahm ihn in die Hand. Es war das erste Mal seit einem Jahr, daß er ihn wieder anfühlte: Er fühlte sich kälter und leichter an, als Omri ihn in Erinnerung hatte. Sein verschnörkelter Griff und der komplizierte Schlüsselbart paßten – klick – in seine Erinnerung.

Die Geschichte war sein *Werk*. Adiel hatte Omris Gewissen erleichtert, als er dieses Wort benutzt hatte. Auch wenn man sich eine Geschichte nicht ausdachte, wenn man sie aber *selbst* erlebte und dann *selbst* über dieses Erlebnis schrieb, war sie ein eigenes Werk. Hatte er also nicht gemogelt. Allerdings war die Geschichte nicht nur seine. Sie gehörte ebensogut den kleinen Männern – Little Bull und Boone und sogar Tommy, dem Soldaten aus dem Ersten Weltkrieg. Und Patrick gehörte sie. Wenn Patrick sich aber entschieden hatte, zu leugnen, daß sie je passiert war, dann hatte er seine Rechte daran aufgegeben.

Und plötzlich, als er sich den Schlüssel so ansah, wurde Omri klar, daß sein Triumph nicht wirklich komplett war, bis er ihn geteilt hatte. Nicht mit Eltern, Brüdern oder den Kindern in der Schule. Kein Preis und keine Party konnten so toll sein wie das, was er sich jetzt ausmalte. Jetzt hatte er endlich den Vorwand – seine Entschuldigung –, das zu tun, was er sich so lange sehnlichst gewünscht hatte, seit dem Moment, als er die Tür des Schränkchens geschlossen und seine Freunde wieder in Plastik verwandelt hatte. Nur mit Little Bull und Boone könnte er das Geheimnis, das hinter dieser Geschichte steckte, wirklich teilen, den aufregendsten Teil überhaupt – nämlich daß es die Wahrheit und nicht nur eine tolle Geschichte war.

Er klappte die Badezimmertür zu und ging die Treppen rauf in sein Dachzimmer.

Nicht für lange, dachte er. Ich werde sie nicht für lange zurückholen. Nicht so lange, daß es wieder Probleme geben konnte. Nur gerade so lange, um mich ausführlich mit ihnen zu unterhalten. Um rauszufinden, wie es ihnen geht.

Vielleicht hatte Twin Stars ja inzwischen ein Kind bekommen – ein Indianerkind! Was für ein Spaß, wenn sie es mitbringen würde, obwohl es fast zu winzig wäre, um es mit bloßem Auge zu erkennen. Little Bull hatte sich zum Häuptling ernannt, während er bei Omri war. Als er zurückkehrte in seine eigene Zeit, war vielleicht sein Vater, der Häuptling, noch am Leben. Little Bull würde es gar nicht gefallen, wieder nur gewöhnlicher Krieger zu sein! Und Boone – der weinerliche Cowboy mit künstlerischem Talent, einer tiefen Abneigung vorm Waschen und einem guten Durst... Omri mußte lächeln, wenn er so an sie dachte. Über die kleinen Männer und ihre Abenteuer zu schreiben hatte ihm seine Freunde so deutlich vor Augen gebracht, daß es fast nicht nötig erschien, das zu tun, was er jetzt vorhatte.

Gefährliche Zeiten

Mit zitternden Händen durchsuchte Omri die Tiefen der Truhe, bis er auf das Kästchen-im-Kästchen-im-Kästchen stieß. Er nahm es behutsam heraus und machte den Deckel der Truhe zu, um das Kästchen drauf zu stellen. Ehrfürchtig band er die Schnur des größten Kästchens auf, öffnete es, nahm das nächste heraus und wiederholte die Prozedur.

Im letzten Kästchen lagen die Plastikfiguren: das braune Pony, der indianische Krieger und das indianische Mädchen im roten Kleid, alle vorsichtig in Watte eingewickelt. Die linke Hand des Kriegers war zum Abschiedsgruß erhoben, sein anderer Arm umfaßte die Taille des Mädchens, das vor ihm auf dem Pony saß, und hielt außerdem den Zügel. Die braunen Beine des Mädchens schmiegten sich auf beiden Seiten gegen die Flanken des Ponys, die Hände hatte es in der Mähne des Tieres vergraben. Das Pony streckte aufmerksam witternd den Kopf in die Luft, seine Ohren berührten sich fast über der Blesse, es war bereit, jeden Moment loszugaloppieren. Omri spürte, wie ein Beben durch seinen Körper fuhr, als er die winzigen Figuren auf seine Handfläche stellte und betrachtete.

«Ihr werdet zurückkommen», flüsterte er. Als ob die Figuren ihn verstehen könnten. Lange würden sie nicht mehr aus Plastik sein!

Das Schränkchen stand bereit. Omri stellte die Figuren hinein, nicht auf das kleine Regal darin, sondern auf den metallenen Boden. Dann holte er einmal ganz tief Luft, so als würde er gleich ins eiskalte unbekannte Meer abtauchen. Er steckte den Schlüssel ins Schloß, machte die Tür zu und drehte ihn herum.

Bitte, bitte, es muß noch funktionieren…

Nach Sekunden schon hörte er das leise, vertraute Geräusch – winzige unbeschlagene Hufe trommelten unruhig über das Metall!

Omri atmete in heftigen Stößen. Sein Herz raste, seine Hand zitterte.

Er hielt noch immer den Schlüssel fest. Innerhalb von Sekunden hatte er ihn zurückgedreht und die verspiegelte Tür geöffnet. Und da waren sie…

Nein. Nein!

Omri ballte die Fäuste. Etwas Schreckliches mußte passiert sein. Die drei Figuren waren da, das schon. Auch alle Anzeichen des Lebens, welche die Plastikoberfläche vorher verschleiert hatte, waren wieder da. Der Glanz des Ponyfells, das Strahlen des roten Kleides, der warme Schein lebendiger brauner Haut. Aber…

Dem Pony ging es gut. Es tänzelte und stampfte mit den Hufen, schubberte seinen Kopf am Seil. Als Omri die Tür öffnete und Licht auf das Pony fiel, stellte es die Ohren weiter auf und wieherte nervös. Auf seinem Rücken saß Twin Stars. Doch sie saß nicht länger vorn, sondern hinten, schon fast auf den Hinterbacken des Ponys. Und vor ihr hing bäuchlings eine schlaffe, bewegungslose Gestalt über den Rücken des Ponys.

Es war Little Bull. Das wußte Omri, obwohl er sein Gesicht gar nicht sehen konnte. Kopf und Arme des Indianers hingen auf der einen Seite des Pferdes, die Beine auf der anderen. Seine

Hirschlederhosen waren von Blut und Erde verkrustet. Omri mußte sich überwinden, noch näher hinzusehen, und sah zu seinem Entsetzen, woher das Blut gekommen war. Zwei Einschußlöcher, so klein, daß er sie kaum sehen konnte, weit oben im Rücken des Indianers.

Omri war so geschockt, daß sein Mund weit offen stand. Twin Stars hielt jetzt mit einer Hand die Zügel des Ponys. Die andere Hand ruhte auf Little Bulls breiten Schultern, so als wolle sie ihn festhalten, damit er nicht vom Rücken des Ponys fallen konnte. Ihr Gesicht war angstverzerrt. Sie hatte zwar keine Tränen in den Augen, doch waren sie panisch weit aufgerissen. Ihr Gesicht war zu einer verzweifelten Grimasse entstellt.

Als sie Omri erblickte, schreckte sie auf wie ein Reh. Gleich darauf aber verschwand die Angst aus ihrem Gesicht. Nur einen Moment lang nahm sie die Hand von Little Bulls Rükken, um sie Omri entgegenzustrecken. Diese flehende Geste sagte deutlicher als tausend Worte: *Hilf uns!* Omri konnte sich nicht bewegen, konnte vor Entsetzen nicht sprechen. Er hatte keine Ahnung, wie er helfen sollte. Er wußte nur, Little Bull würde sterben, wenn er nichts tat, wenn er nicht irgendwoher Hilfe holte. Vielleicht – vielleicht war der Indianer schon tot! Was konnte er nur tun?

Tommy.

Tommys medizinische Kenntnisse waren nicht gerade auf dem neuesten Stand. Wie sollten sie auch, schließlich war er doch nur ein Sanitäter aus dem Ersten Weltkrieg! Jetzt war er die einzige Rettung, die Omri in seiner Panik einfiel.

Er machte Twin Stars mit der einen Hand ein Zeichen, vorwärtszukommen. Während sie mit dem Pony über den unteren

Rand des Schränkchens hinwegritt, griff Omri noch einmal in das kleinste Kästchen. Die Plastikfigur des Soldaten lag ganz unten, auch der Koffer mit dem roten Kreuz drauf.

Sobald das Schränkchen leer war und Pferd und Reiter außer Reichweite der Tür, stellte Omri Tommy hinein, machte es sofort wieder zu, drehte in Sekundenschnelle den Schlüssel im Schloß herum und wieder zurück. Das war der ganze Zauber.

«Alles wird gut sein», tröstete er Twin Stars, die ganz nah zu seinem Gesicht auf dem Truhendeckel das Pony in Zaum hielt. «Tommy bringt alles wieder in Ordnung.» Dann öffnete er aufgeregt die Tür und griff mit der Hand hinein.

Der Koffer war da. Und die Uniform, ordentlich aufgefaltet, mit der umgedrehten Sanitäterkappe ganz oben auf dem Stapel. Und die Stiefel. Und die Wickelgamaschen, die khakifarbenen Binden, die sie während dieses Krieges um die Beine trugen, ordentlich aufgerollt in der Kappe. Sonst nichts.

Omri stieß einen lauten Schrei aus. Er knallte die Schränkchentür zu, um den Blick auf diesen ordentlichen kleinen Stapel von Kleidern zu versperren, Kleider ohne ihren Besitzer darin, weil der sie nicht länger brauchte. Er wußte es. Auf der Stelle wußte er es. Er wußte, daß Tommy nicht lange genug gelebt hatte, um ein alter Mann zu werden. Daß eine von den «Minnies» – so hatte er die großen deutschen Granaten genannt – oder irgendeine andere Waffe ihn tödlich getroffen hatte. Sein stupsnäsiges, fröhliches Gesicht, seine Tapferkeit und seine freundlichen Hände waren mit Tausenden anderer Soldaten im Schlamm der Schützengräben ausgelöscht.

Omri hatte den Tod noch nie aus dieser Nähe erlebt. Noch

nie war jemand, den er wirklich gut kannte, gestorben. Letztes Jahr hatte ein Onkel «ins Gras gebissen», wie sein Vater sagte. Aber weit weg in Australien. Ein Junge aus der Schule war bei einem Autounfall ums Leben gekommen, aber dieser Junge war nicht in Omris Klasse gewesen.

So dicht zu erleben, daß Tommy tot war – ein ganzes Jahr nachdem er ihn das letzte Mal gesehen hatte –, war ein entsetzlicher Schock. Da war niemand, mit dem er darüber sprechen konnte – und jetzt blieb ohnehin keine Zeit dafür. Neben ihm stand das Pony und schüttelte ungeduldig den Kopf, als duldete es nichts, das die Rettung seines Herrn verzögerte. Twin Stars durchdringender Blick war auf ihn fixiert. Abwartend. Voller Vertrauen.

Später. Später würde er an Tommy denken und um ihn trauern. Später. Wer würde das besser verstehen als Tommy selbst, daß man sich erst um die Verwundeten kümmern muß, bevor man um die Toten trauert? Omri blickte hilflos um sich, dann sah er Twin Stars in die Augen.

Wie gut verstand sie Englisch? Früher, während der kurzen Zeit, die sie zusammen gewesen waren, hatte er nie direkt mit ihr gesprochen. Sie hatte immer mit Little Bull geredet, in ihrer eigenen Sprache. Nun mußte Omri sich verständlich machen.

«So geht's nicht», sagte er langsam. «Keine Hilfe.»

Sie schaute verständnislos drein, und der Hoffnungsschimmer in ihrem Gesicht wurde schwächer. Um die Situation begreiflich zu machen, öffnete Omri noch einmal das Schränkchen, nahm Tommys Plastikfigur, die nun anstelle des jämmerlichen kleinen Stapels seiner Uniform wieder dort stand, und stellte sie vor das Indianermädchen hin. Sie glitt vom Rücken des Ponys herab und berührte die Figur, ohne dabei das Seil loszulassen.

Sie schien sofort zu verstehen, daß sie keine Hilfe erwarten konnte. Rasch wandte sie sich wieder Omri zu.

«Hilfe. Du», sagte sie mit klarer, silberheller Stimme. Omri fühlte, wie Verzweiflung ihm das Herz zerriß, es war ohnehin schon schwer von Traurigkeit. Mit den Augen folgte er Twin Stars Finger, der auf den leblos wirkenden Körper auf dem Ponyrücken deutete.

«Wir müssen ihn flach auf den Boden legen», sagte Omri schließlich. Mehr fiel ihm nicht ein. Aber das konnte nicht alles sein, was jetzt zu tun war. Er mußte nachdenken. *Scharf* nachdenken!

Er sah zu, wie Twin Stars sich mühte, Little Bulls schweren Körper vom Pferd zu heben. Er half ihr, so weit er sich traute, denn er fürchtete, seine großen, ungeschickten Finger könnten den Indianer verletzen. Wenigstens konnte er seine Hand als eine Art Plattform benutzen, mit der er Little Bull auf den Boden legte. Mit der anderen Hand zog er seinen Kleenexkarton heran und faltete aus einigen Tüchern eine behelfsmäßige Matratze. Wenigstens waren die weich und sauber. Bald schon lag Little Bull ausgestreckt auf dem Bauch.

Omri hatte etwas Ähnliches schon mal mitgemacht – als Little Bull den Cowboy Boone angeschossen hatte. Damals hatten sie Tommy zu Hilfe geholt. Er hatte immerhin einige winzige Instrumente, Verbände und Medikamente gehabt. So altmodisch seine Methoden auch waren, sie hatten ihren Zweck erfüllt. Omri spürte das Fehlen seines alten Freundes nun um so schmerzlicher, denn er vermißte außer dem Menschen selbst auch noch dessen Fähigkeiten und Kenntnisse als

Sanitäter. Einen Augenblick lang nahm er es Tommy fast übel, daß er tot war. Jetzt, wo er so dringend gebraucht wurde.

Twin Stars, die neben Little Bull kniete, sah auf. Sie sagte etwas. Es war irgendein indianisches Wort. Omri schüttelte den Kopf. Twin Stars rang die Hände. Sie deutete auf die zwei Schußwunden und sagte wieder dieses Wort, diesmal lauter. Es mußte ein besonderes indianisches Heilmittel sein, nach dem sie verlangte. Und zum erstenmal dachte Omri: *Vielleicht wäre sie da, wo sie herkam, besser aufgehoben. Dort wüßte sie, was zu tun ist.*

Wenigstens konnte er die Wunden reinigen. Wie das ging, wußte er gerade noch. Er hatte etwas Mundwasser, scheußliches Zeug, mit dem ihn seine Mutter gurgeln ließ, wenn er Erkältungen hatte. Die Flasche stand im Regal. Er sprang auf und holte sie. Vor seinen Augen drehte sich alles. Es dämmerte ihn, wie total verrückt es gewesen war, mit dieser ganzen Sache wieder anzufangen. Er erinnerte sich noch einmal an das bedrückende Gefühl von Verantwortung, an die Sorgen, die vielen Probleme, die sich endlos eines ans andere reihten und gelöst werden mußten. Und dieses Mal war nicht mal Patrick dabei, um ihm hier und da mit Rat und guten Ideen beizustehen.

Patrick... Aber Patrick war keine Hilfe. Er *glaubte* doch nicht mal mehr daran.

Omri tränkte einen kleinen Tupfer Watte mit dem Desinfektionsmittel, reichte es Twin Stars und machte dabei tupfende Bewegungen, um ihr zu zeigen, wozu es gut war. Sie begriff es schnell. Mit leichten, vorsichtigen Handbewegungen entfernte sie das Blut von Little Bulls Rücken. Die Wunden schienen nicht mehr zu bluten. Omri erinnerte sich, daß Verletzte warmgehalten werden müssen, und als er sah, daß auch Twin Stars zitterte, schnappte er sich einen der Handschuhe, die er zur Schule getragen hatte, und schnitt mit einer Schere einfach den kleinen Finger ab. Nun lag der Indianer in dem wollenen Finger wie in einem Schlafsack. Omri und Twin Stars sahen einander an.

«Wie?» fragte Omri. «Wie ist es passiert?»

Twin Stars Gesichtsausdruck wurde hart.

«Soldat», sagte sie. «Kampf. Gewehr.»

«In den Rücken?» Omri konnte sich nicht verkneifen, das zu fragen. Es war schwer, sich vorzustellen, daß jemand, der so mutig war wie Little Bull, in den Rücken geschossen wurde.

«Pferd fallen», sagte sie. «Little Bull liegen. Boden. Soldaten schießen.» Sie zielte mit einer unsichtbaren Waffe, einem Gewehr oder einer Muskete, schoß *eins, zwei* und winkte dann heftig mit der Hand, um zu zeigen, daß die Soldaten weitergelaufen waren und Little Bull, dem Tod ausgeliefert, liegengelassen hatten.

«Das hast du gesehen?»

Sie nickte zornig. «Frau sehen. Soldat kommen Dorf. Krieger kämpfen. Soldat machen Feuer in Haus. Töten viele. Nehmen Gefangene. Krieger jagen. Fort, fort – weit! Twin Stars verstecken. Sehen Little Bull fallen. Sehen Soldat...» Sie imitierte wieder das Schießen. «Twin Stars rennen, fangen Pony, bringen Little Bull zu Haus in Dorf. Alles Feuer! Toter Krieger. Frau weinen. Ich schließen Augen, nicht sehen. Swusch!» Sie machte ein seltsames Geräusch, es klang wie Windrauschen, öffnete die Augen – und deutete auf Omri mit dem Ausdruck großer Überraschung.

«Und auf einmal warst du hier.»

Sie nickte. «Geister bringen. Du retten.»

Omri starrte sie an. Er hatte nicht die geringste Ahnung, was er tun sollte. Und da stand sie und vertraute ihm blindlings.

«Glaubst du nicht, du wärst zu Hause – im Dorf – besser aufgehoben?» schlug er hilflos vor.

Sie schüttelte entschieden den Kopf.

«Dorf alles Feuer. Tot – tot!» Sie deutete auf den Boden überall um sich herum. «Keine Hilfe. Omri einzig Hilfe Little Bull Bruder.»

Bruder! Ja. Little Bull hatte im allerletzten Moment Blutstropfen mit ihm getauscht und sie so zu Blutsbrüdern gemacht. Er mußte, er *mußte* einfach einen Weg finden, ihm zu helfen! Aber wie?

In diesem Augenblick bewegte sich Little Bull und stöhnte auf.

Sofort kauerte sich Twin Stars zu ihm nieder. Omri, dessen Augen sich langsam wieder dran gewöhnten, winzige Details zu erkennen, bemerkte plötzlich, daß sie dick geworden war. Könnte es etwa sein, daß...? Little Bull stöhnte und murmelte etwas. Seine Beine zuckten. Omri vergaß Twin Stars' neue runde Gestalt.

«Was sagt er?»

«Sagen ‹Omri, Omri›», flüsterte Twin Stars. Es folgte noch mehr Gemurmel, und dann wisperte sie: «Jetzt sagen, ‹Bruder›.» Sie sah zu ihm auf mit einem Gesichtsausdruck, den er nicht ertragen konnte.

Er stand auf.

«Hör zu», sagte er heiser. «Ich muß Hilfe holen. Ich brauche etwas...» Er sah sie an. «Leih mir deine Mokassins.» Er deutete auf ihre Füße. Verwundert, aber gehorsam bückte sie sich und zog die weichen Schuhe aus perlenbestickter Tierhaut aus und gab sie ihm. Er wickelte sie vorsichtig in ein Stückchen Papier und steckte sie in die Tasche.

«Paß auf ihn auf», sagte er. «Ich bin bald zurück.»

Wer hilft?

Omri schloß seine Zimmertür hinter sich ab und ging die Treppe runter.

Es war Freitag abend (zum Glück, denn sonst hätte er Hausaufgaben machen müssen und sie nicht geschafft). Seine Eltern und Gillon sahen fern. Adiel war mit seinen Freunden weggegangen.

«Mama, erinnerst du dich an Patrick?» fragte er ganz beiläufig.

«Natürlich erinnere ich mich an Patrick.»

«Er ist raus aufs Land gezogen.»

«Ich weiß.»

«Ich habe ihn letzte Woche getroffen.»

«Wo denn?»

«Vor der Schule. Er sagte, seine Mutter ist mal wieder hergekommen, um irgendwen zu besuchen.»

«Ihre Schwester, würd ich vermuten.» Seine Mutter wandte sich wieder dem Fernseher zu.

«Ihre *Schwester*? Ich wußte gar nicht, daß Patrick eine Tante hat!»

«Sei nicht albern, Omri, natürlich wußtest du das. Sie wohnte doch nur drei Häuser weiter auf unserer alten Straße.»

Omri runzelte die Stirn, er erinnerte sich. «Mit diesen zwei widerlichen kleinen Mädchen?»

«Tamsin und Emma. Bonkins oder so. Donkins. Sie sind Patricks Cousinen.»

«Meinst du, *da* könnte Patrick sein?»

«Kannst du gleich rausfinden. Ich hab noch ihre Nummer in meinem Buch. Es liegt auf dem Dielenschränkchen.»

Drei Minuten später hörte Omri Patricks Stimme am anderen Ende.

«Patrick? Ich bin's. Omri. Ich muß dich treffen.»

«Wann?»

«Heut abend.»

«Heut abend?»

«Es ist sehr wichtig.»

«Hat das nicht Zeit bis morgen?»

Omri bemerkte den Widerwillen in Patricks Stimme. Er konnte seine Reaktion verstehen.

«Nein.»

«Ich guck grade einen Horrorfilm.»

«Der Horrorfilm fängt erst um halb zwölf an», erwiderte Omri.

Er schwieg.

«Du fängst doch nicht etwa wieder an mit diesem ganzen Mist über...»

«Ich komm vorbei», sagte Omri schnell und legte auf.

Er schlüpfte durch die Hintertür hinaus und rannte die Kaffstraße runter zum Bahnhof.

Einige der Läden und auch die Spielhalle waren noch offen. Die Kneipen auch. Durch die Glastüren der Kneipen drangen freundlicher Lichtschein und viele laute Stimmen, als Omri an ihnen vorbeistürmte. In der Spielhalle hämmerten die Skinheads auf den Space Invaders rum, nicht laut und kumpelhaft wie die Kneipentypen, sondern wütend und verbissen, jeder über eine Maschine gebeugt. Sie bemerkten ihn gar nicht. Mit einem Gefühl großer Erleichterung lief Omri rasch weiter. Diese fürchterliche Straße war tatsächlich sicherer bei Nacht.

Manchmal mußte man Ewigkeiten auf den Zug warten. Heute abend hatte Omri Glück, obwohl die Fahrt selbst – nur drei Haltestellen – ewig dauerte. Endlich an der richtigen Haltestelle angekommen, rannte er wieder, aber diesmal nicht aus Angst. Er fand das Haus der alten Nachbarn und klingelte. Patrick machte die Tür auf und stand da mit einem Blick, der alles andere als einladend war.

«Na ja, komm rein, wenn du schon mal hier bist», sagte er.

Es war ein kleines Haus und sah genauso aus wie ihr altes. Sogar die Fahrräder versperrten hier den Flur, wie sie es bei ihnen getan hatten. Halb im Scherz hatte Omris Mutter mal gesagt, daß sie schon deshalb unbedingt in das neue Haus ziehen wollte, weil sie dann nie wieder ihre Fahrräder im Flur würden abstellen müssen. Patrick führte Omri wortlos nach oben in ein kleines Schlafzimmer nach hinten raus mit einem Etagenbett drin, alles zart und duftig in Pink.

«Meine Tante hat mich in diesem kitschigen Kleinmädchenzimmer einquartiert», sagte er wütend. «Bin ich froh, daß wir morgen wieder fahren.» Er setzte sich auf das untere Bett und ließ Omri stehen. Nach einem kurzen Schweigen sah Patrick Omri an. Sein Mund war verkniffen. Sein Blick sagte: «Verlier kein Wort drüber!» Schweigend flehte er Omri an, es nicht zu tun. Aber Omri war entschlossen.

«Warum tust du so, als sei es nie passiert?» fragte er scharf.

«Was?» sagte Patrick. Er guckte verbissen und dumm drein, genau wie diese Skinheads.

«Du weißt ganz genau, was.»

Patrick starrte zu Boden. Er bewegt sich nicht.

«Ich habe sie zurückgeholt», sagte Omri.

Patrick stand so plötzlich auf, daß er sich am oberen Bett den Kopf stieß. Sein Gesicht war ganz weiß. Er murmelte einen Fluch. Dann sagte er: «Das glaub ich dir nicht.»

«Wenn ich's dir doch sage. Ich hab sie in das Schränkchen getan, und genau das gleiche ist passiert. Es...» (irgendwie wollte er nicht das Wort «Zauber» benutzen), «es funktioniert noch genauso wie früher. Bloß...»

Patrick sah ihn nun an, mit gerunzelter Stirn, argwöhnisch, so als sei er aus einem Traum erwacht, nur um festzustellen, daß der Traum noch immer weiterging. «Etwas Schreckliches ist passiert – Little Bull ist angeschossen worden.»

Nach einem Zögern murmelte Patrick etwas Unverständliches. Omri beugte sich vor. «Was?»

«Es ist nicht wahr. Nichts von alldem ist wahr. Wir haben es uns nur... ausgedacht», murmelte Patrick.

Omri zog die Hand aus der Tasche und hielt Patrick etwas hin. «Guck dir das an, und hör endlich auf, dir was vorzumachen.»

Fast so als kämpfe er mit der Angst, schaute Patrick unwillig hin. Er blinzelte ein paarmal. Dann streckte er die Hand aus und entfernte das Stückchen Papier. Er starrte lange auf die winzigen perlenbestickten Mokassins.

«Die sind echt», flüsterte Patrick.

Patrick drehte sich weg zum Fenster und starrte raus in die Dunkelheit. Omri ließ ihm Zeit, sich an den Gedanken zu gewöhnen. Als er sich schließlich umdrehte, war er wieder der alte Patrick. Älter, aber im Grunde unverändert.

«Wie ist es passiert?»

Omri verspürte das verrückte Verlangen, ihn zu umarmen. Jetzt war er wenigstens nicht länger allein mit dem Schlamassel.

«Französische Soldaten haben ihn angeschossen. Ich nehme an, es waren Franzosen. Du weißt ja, die Irokesen kämpften als Verbündete der Engländer, und die Franzosen waren gegen sie. Wir müssen einen Weg finden, die Kugeln rauszuholen oder die Musketenpatronen oder was ihm da im Rücken steckt.»

«Ganz einfach», sagte Patrick. «Hol halt Tommy zurück.»

Omri schluckte.

«Er ist tot.»

Patrick starrte ihn mit offenem Mund an.

«Tot?»

«Er muß im Krieg gefallen sein. Als wir ihn das letzte Mal zurückschickten, sagte er noch, daß er eine große Granate herankommen hörte. Ich wette, die hat ihn umgebracht.»

Patrick sah völlig entgeistert aus.

«Meinst du, wenn wir ihn nicht grade in der Minute zurückgeschickt hätten...»

«Ich glaube nicht, daß es so funktioniert. Sein... sein wahrer großer Körper – der muß noch dort gewesen sein, in seiner Zeit, eingeschlafen im Schützengraben. Die Granate hätte ihn trotzdem getötet.»

Patrick fuhr sich mit der Hand durchs Haar.

«Und du sagst, daß Little Bull verletzt ist?»

«Ja. Twin Stars ist bei ihm. Sie glaubt, die Geister hätten sie zu mir gebracht, damit ich ihm das Leben rette. Ich muß etwas tun. Aber ich weiß einfach nicht, *was*.» Omri bemühte sich, den schrillen Klang von Verzweiflung in seiner Stimme zu unterdrücken.

Patrick saß ganz still und überlegte.

«Was hast du mit all deinen alten Plastikleuten gemacht?» fragte er schließlich. «Die, mit denen wir immer gespielt haben.»

«Ich glaub, die sind oben auf meinem Hochbett.»

«Mama hat meine weggeschmissen.»

«Weggeschmissen?» fragte Omri ungläubig. «Ohne zu fragen?»

«Ich habe ewig nicht mit ihnen gespielt.»

«Wieso ist das überhaupt wichtig?»

«Aber sieh doch», sagte Patrick. «Tommy haben wir verloren, aber der Zauber funktioniert noch. Wenn wir eine moderne Arztfigur finden könnten, wäre die sogar noch besser.»

Dieser Verrat an ihrem toten Freund beschämte sie beide, und Patrick wurde ganz rot.

«So hab ich das nicht gemeint... Tommy hat Boone das Leben gerettet, das weiß ich. Aber wir müssen realistisch sein. Es hat inzwischen eine Menge Neuentwicklungen gegeben. Neue Medikamente, neue Techniken. Hast du nicht irgendwen in deiner Sammlung, der uns helfen könnte?»

Omri überlegte und schüttelte dann den Kopf.

«Meine waren alle Cowboys und Ritter und Soldaten. All so was eben», sagte er.

Patrick stand auf.

«Aber es gibt auch moderne Figuren. Ich hab welche gesehen. Vor kurzem hab ich noch welche gesehen.» Sein Gesicht leuchtete auf. Fast schrie er: «Wart mal!» und hetzte aus dem Zimmer. Nach wenigen Momenten war er wieder da. «Hier!»

In der Hand hielt er einen großen flachen Karton mit brandneuen Plastikfiguren. Keine Soldaten oder Indianer. Das waren gewöhnliche Leute aus der Gegenwart. Ein einziger Blick verriet Omri, was für Leute es waren: Fachleute. Da waren ein Richter mit langer Perücke und einige Anwälte, Geschäftsleute mit Aktentaschen, einer mit einer Melone. Da waren Wissenschaftler in Laborkitteln, eine Krankenschwester. Und – Omri stieß einen Schrei aus – da waren Ärzte. Zwei, um genau zu sein. Einer war ein gewöhnlicher Doktor mit einem Stethoskop um den Hals. Und der andere war Chirurg in grünem Kittel und mit Mundschutz.

Er faselte lauter Unsinn zusammen vor Aufregung und Erleichterung. Er kam sich vor, als würde er in Aladins Zauberhöhle schauen – Omri guckte genauer hin. Der Mann stand über einen Operationstisch gebeugt. Ja! Alles, worauf Omri gehofft hatte, war da. Instrumente, ganze Tabletts voll – alle Teil derselben Gruppe. Little Bull war so gut wie gerettet.

«Wir haben alles», rief er. «Los, laß uns gehn!»

Aber – es war nicht zu glauben – Patrick zögerte.

«Was *ist* denn?» fragte Omri ungeduldig.

«Sie gehören nicht mir.»

«Na und? Wem denn?»

«Meiner Cousine. Sie hat sie gestern geschenkt bekommen, zum Geburtstag.»

«Wir bringen sie ja wieder!»

«Tamsin rastet aus, wenn man ihre Sachen anfaßt. Die merkt's ganz bestimmt, wenn was fehlt.»

«Aber Little Bull liegt wahrscheinlich im *Sterben*.»

Patrick zuckte mit den Schultern. «Na gut. Aber pack sie lieber ein.»

Sie fanden eine alte Kaufhaustüte und steckten den ganzen Karton hinein. Sie waren schon auf dem Weg nach unten, als eine Tür aufging und ein Mädchen, an das sich Omri nur zu gut erinnerte, hinaus in den Flur trat. Patrick blieb stocksteif stehen, wie ein Einbrecher, der auf frischer Tat ertappt worden ist.

«O Gott, das ist sie», murmelte er. «Bis später...» Aber er machte nicht kehrt. Sie liefen einfach weiter auf die Haustür zu.

Tamsin stellte sich ihnen in den Weg. Sie war groß für ihr Alter, hatte starke Kieferknochen und einen fiesen Blick.

«Wohin *geht's*, Landei?» fragte sie Patrick spöttisch. Sie tat, als kenne sie Omri gar nicht. Sie waren nicht grade dicke Freunde gewesen.

«Ich geh noch weg für 'ne Weile.»

«Weiß deine Mutter das?»

«Ich wollt's ihr grade sagen.»

«Von wegen.»

«Doch. *Entschuldige* mal.»

Als er sich an ihr vorbeidrückte, schien irgendein Besitzerinstinkt sie gewarnt zu haben. Sie grapschte nach der Tüte. Das hatte Patrick nicht erwartet und ließ sie los. Im nächsten Moment hatte sie die Tüte schon geöffnet und hineingeschielt. Ihr Gesicht war rot vor Wut, als sie wieder aufschaute.

«Ihr wollt mir mein Geburtstagsgeschenk klauen!» sagte sie langsam und bedrohlich.

«Nein, wollen wir nicht! Wir leihen es uns nur für heute abend.»

«Für *heute abend*! Habt ihr sie nicht mehr alle? Ich würd's euch für keine fünf Sekunden leihen.»

In Omris Kopf begann etwas zu brodeln. So sollte also alles, was sie für Little Bulls Rettung brauchten, verloren sein. Das ätzende Mädchen riß es an sich, als hätten sie versucht, ihr eine Tüte mit Gold abzuluchsen.

«Wir wollten dich ja fragen!» log er. «Bitte lieh sie uns!»

«Nein.» Ihr Gesicht und ihre Stimme waren hart wie Stein. Er wußte, daß sie niemals nachgeben würde. Ein Anflug von Verzweiflung übermannte ihn. Er langte nach der Tüte und versuchte, sie ihr wieder aus der Hand zu reißen.

Sie hielt sie fest und kreischte. Die Tüte zerriß, der Karton fiel heraus, und der Deckel löste sich. Da lag die ganze Sammlung Figuren auf dem Boden, noch immer mit Gummiband an ihrem Rückkarton befestigt. Omri zögerte keinen Moment. Er warf sich einfach darauf, und unter ihm packten seine Finger die Figuren und zerrten an ihnen. Tamsin stürzte sich auf ihn, packte zu und zerrte an *ihm*. Er fühlte, wie sie ihm fast das Ohr umdrehte, auf seinen Kopf einschlug und gegen seinen Knöchel trat. Scharf und schmerzhaft war der Tritt von Tamsins spitzem Schuh. Während sie dort miteinander kämpften, krachten nacheinander zwei Fahrräder auf sie nieder.

Einen Augenblick später knallte eine Tür, und eine Erwachsenenstimme brüllte vollkommen außer sich: «Seid ihr Blagen verrückt geworden? Hört sofort damit auf! *Tamsin*!»

Das Mädchen und das Gewirr von Fahrrädern wurden mit einem Griff hochgehoben. Die Tortur hatte ein Ende, obwohl die dumpfen Schmerzen anhielten.

«Sie klauen mein Geschenk! Sie klauen meine Figuren!» schrie die baumelnde Tamsin und fuchtelte mit Armen und Beinen durch die Luft wie eine Spinne.

«Patrick?»

Aber Patrick war schon an der Haustür, und Omri kam auch gerade wieder auf die Füße.

«Wir wollen ihre Figuren gar nicht», grummelte er. «War alles bloß ein Witz!» Und bevor noch ein Wort fallen konnte, waren sie schon draußen.

Patricks Mutter tauchte in der Tür auf und schrie ihnen hinterher: «Wo wollt ihr Jungs jetzt noch hin?»

Patrick rief zurück: «Ich übernachte bei Omri!»

«Komm zurück!» rief seine Mutter noch. «Du hast deine Zahnbürste nicht daba-hai!» Aber da waren sie längst um die Ecke verschwunden.

Oberschwester

Unter der ersten Straßenlaterne blieb Omri stehen. Sein Herz raste.

«Na?» fragte Patrick aufgeregt. «Hast du ihn gekriegt? Laß mal sehn!»

Omri hatte *etwas* in der Hand. Aber er wußte, es war nicht das, was er hatte greifen wollen. Es war nicht der Chirurg – sonst hätte er die rechteckige Form des Operationstisches fühlen können. Es war eine einzelne Figur. Er hielt die Hand noch immer darum geschlossen, weil er sich nicht traute hinzugukken. Was würde er bloß tun, wenn es ein Anwalt wäre oder dieser blöde melonentragende Geschäftsmann?

Langsam und unter unerträglicher Spannung öffnete Omri einen Finger nach dem andern. Beide Jungen stöhnten verzweifelt auf.

Doch dann sagte Patrick aufmunternd:

«Es könnte schlimmer sein. Krankenschwestern müssen doch auch *etwas* Ahnung haben.»

«Operieren können die nicht. Dazu sind die nicht ausgebildet.»

«Trotzdem besser als gar nichts.»

Sie liefen weiter, Omri ganz in seine finstere Stimmung versunken. Patrick versuchte wieder und wieder, ihn aufzuheitern.

«Hör zu. Wenn er bis morgen durchhält, können wir losgehen und kaufen, was wir brauchen. Im Spielzeugladen haben sie genau das gleiche Set. Und in der Zwischenzeit wird uns die Krankenschwester wenigstens sagen können, wie schlimm es ist.»

«Wenn sie nicht tot umfällt, sobald wir sie aus dem Schränkchen holen», sagte Omri. Er verfluchte sich dafür, daß er es nicht geschafft hatte, den Chirurgen zu schnappen. Er wäre übrigens gerne auf Tamsins Bauch herumgesprungen, bis sie um Gnade gefleht hätte. Überall hatte er blaue Flecken.

Patrick hatte die Gegend, in der Omri jetzt wohnte, natürlich noch nie gesehen. Als sie aus dem Bahnhof kamen, hielt er inne, blickte die Kaffstraße hinunter und sagte: «Mannomann. Das ist ja ganz schön hart.»

Omri sagte nichts. Sie machten sich schnell auf den Weg zu seinem Haus.

«Wie sind die Typen hier in der Gegend so?»

«Na ja, du mußt dich echt durchhauen.»

Sie liefen an der Spielhalle vorbei – auf der anderen Straßenseite natürlich. Sie machte gerade zu. Der Besitzer, ein mürrisch aussehender Inder, drängte alle hinaus. Es gab ein großes Gefluche, Gejohle und Geschubse. Eine Prügelei ging los. Ein ziemlich kleiner Skinhead rempelte einen älteren Jungen an, der ihn kurzerhand auf die Straße schleuderte. Ein vorbeifahrendes Auto verfehlte ihn um Haaresbreite.

«Verdammt!» rief Patrick. «Hast du das gesehen?»

«Ja, wir sind als nächste dran, wenn sie uns erst mal sehen», sagte Omri. «Los, weiter!»

Omris Mutter öffnete die Tür, als die beiden kamen. Sie war ziemlich außer sich.

«Wo in aller Welt warst du? Mach das nicht noch mal, einfach so spät abends das Haus zu verlassen, ohne mir ein Wort zu sagen. Ich hab mir solche Sorgen gemacht! Oh. Hallo, Patrick. Schön, dich mal wiederzusehen. Hast du vor, bei uns zu übernachten?»

Patrick guckte verschüchtert, aber Omri hatte einfach keine Zeit, seine Mutter zu besänftigen. Mit einem kurzen «Tut mir leid, Mama!» zerrte er Patrick hinter sich die Treppe rauf. Ihre Fragen, wo er denn gewesen sei und wo Patrick schlafen sollte, hörte er sich gar nicht an.

Sobald sie die Zimmertür hinter sich geschlossen hatten, knipste Omri die Deckenlampe an. Er hatte die Nachttischlampe angelassen, damit Twin Stars nicht im Dunkeln saß. Patrick näherte sich vorsichtig der Truhe, die Augen ungläubig aufgerissen. Der Anblick der lebendigen Miniaturmenschen kam ihm absolut unglaublich vor. Twin Stars war aufgesprungen, als die beiden hereinkamen. Sie erkannte Patrick auf der Stelle und hob die Hand zum Gruß.

«Hallo, Twin Stars», sagte er leise. «Wie geht's Little Bull?»

Sie trat zur Seite und deutete auf ihn. Little Bulls Augen waren vor Schmerz weit aufgerissen. Er heftete seinen Blick auf Patrick und sah dann Omri. Er sagte kein einziges Wort, aber ein Ausdruck von Freude breitete sich auf seinem Gesicht aus. Er schloß die Augen.

«Omri helfen jetzt?» fragte Twin Stars flehend.

«Wir werden es versuchen.» Er wollte sie warnen, sich nicht allzu große Hoffnungen zu machen. Aber er brachte es einfach nicht fertig. Er nahm die Krankenschwesterfigur aus seiner Tasche. Omri und Patrick begutachteten sie noch einmal ganz genau.

«Sie trägt eine von diesen komischen hohen Hauben», sagte

Patrick. «Die hab ich schon in Filmen gesehen. Krankenschwestern mit solchen Hauben waren da immer wichtig. Alle anderen kuschten, wenn solche Hauben auf die Station kamen.»

«Vielleicht ist sie Oberschwester?» sagte Omri. Obwohl er noch nie im Krankenhaus gewesen war, kannte er das aus dem Fernsehen.

«Genau, wahrscheinlich so was Ähnliches. Los jetzt, bringen wir's hinter uns.»

Gleichgültig, unter welchen Umständen, dies war immer der spannendste Moment. Sie steckten die kleine Figur in ihrem blauen Uniformkleid mit der weißen Schürze und der aufwendigen Haube ins Schränkchen. Würde sie alt oder jung sein? Unausstehlich oder nett? Und vor allem, wie würde sie reagieren, wenn sie die Jungen sah?

Bisher waren die kleinen Leute, die sie zum Leben erweckt hatten, immer abergläubisch – oder betrunken genug gewesen, um eine so phantastische Situation einfach hinzunehmen. Sogar Tommy war leicht davon zu überzeugen gewesen, daß er träumte. Aber einem modernen praktischen Menschen würde es sicher schwerer fallen, diese Art von Magie zu verkraften.

Ein flinkes Drehen des Schlüssels – abgeschlossen und gleich wieder auf –, sofort konnten sie aus dem Innern des Schränkchens eine strenge Stimme hören:

«Schwester! SCHWESTER! Rufen Sie sofort beim Hausmeister an, und sagen Sie, es hat auf Station 12 einen Stromausfall gegeben! Kein Grund zur Aufregung, meine Damen, nur ein kleines Problem mit der Elektrizität. Den Notgenerator werden wir gleich in Gang haben!»

Omri öffnete die Schränkchentür.

«Ah!» rief die energische Stimme. «*So* ist's schon besser! Also, wo war ich...»

Und sie verstummte.

Omri machte die Tür ganz auf. Genau da, wo sie sie auf das Bord gestellt hatten, stand die Oberschwester, und ihre Hände rutschten langsam nach unten. Ein paar Sekunden lang blickte sie in die zwei gewaltigen Gesichter. Dann rieb sie sich die Augen, schüttelte energisch den Kopf und schaute wieder hin. Schließlich sagte sie: «Was treibt ihr da, Kinder, irgendein Trick? Nehmt die Spiegel weg, und zurück in eure Betten!» Dann, als nichts geschah, wurde ihr Gesicht plötzlich schneeweiß wie ihre Haube. Sie machte eine Drehung auf dem Absatz und fiel rückwärts direkt vom Bord herunter.

Omri konnte sie gerade noch auffangen. Er hatte so etwas schon fast erwartet. Sie lag auf seiner Handfläche in einer tiefen Ohnmacht. Omri staunte über das Gefühl, ihren winzigen warmen, schlappen Körper in den frischgestärkten Kleidern lebendig in der Hand zu halten. Er legte sie sanft auf die Truhe nieder und zeigte sie Twin Stars.

«Weiße Frau tot?» fragte sie entsetzt.

«Nein, nein. Sie hat nur einen Schreck bekommen. Bring sie dazu, sich aufzusetzen und den Kopf zwischen die Knie zu stekken.» Er zeigte ihr, wie. Twin Stars verlor keine Zeit. Nach ein oder zwei Minuten zeigte die Oberschwester erste Anzeichen, daß sie wieder zu sich kam. Das erste, was sie tat, war, nach ihrer Haube zu fühlen. Sie sah aus wie eine weiße Burg aus Tüll mit Strebepfeilern und Bannern. Wundersamerweise steckte sie wirklich noch auf den Haaren.

Sie rappelte sich auf und starrte umher. Sie war mittleren

Alters, schloß Omri aus ihrem Gesicht und ihrer Stimme, trug eine Brille und kein Make-up und sah irgendwie furchterregend aus. Er war froh, kein Patient auf ihrer Station zu sein. Andererseits sah sie so aus, als würde sie viel von ihrem Job verstehen. Sie mußten hoffen, daß sie nicht zu verstört war, ihn auch auszuführen.

Er räusperte sich.

«Ich weiß, es ist schwer zu glauben», fing er an, «aber Sie sind durch ein Zauberschränkchen hierhergelangt, das Sie sehr klein gemacht hat. Bitte haben Sie keine Angst. Sie können sich einfach vorstellen, daß es ein Traum ist, wenn Ihnen das lieber ist, oder irgendeine Art von Trick. Jedenfalls brauchen Sie keine Angst zu haben. Nachdem Sie uns geholfen haben, können Sie zurück in Ihr – Ihr normales Leben. Würde es Ihnen etwas ausmachen, uns Ihren Namen zu sagen?»

Die Frau öffnete und schloß den Mund ein paarmal wie ein Goldfisch. Dann brachte sie, wenn auch nur schwächlich, heraus: «Ihr könnt mich Oberschwester nennen.» Darauf schwankte sie und faßte sich kurz an die Stirn. «Ich glaub, ich werd verrückt!» murmelte sie. Sie sah tatsächlich so aus, als würde sie jeden Moment wieder umfallen.

«Sie sind nicht verrückt. Bitte fallen Sie nicht um!»

Die Oberschwester nahm Haltung an und hob ihr Kinn.

«Umfallen? Ich? Sei nicht absurd, ich bin noch nie in meinem ganzen Leben umgefallen!»

Sie rückte ihre bedeutende Haube zurecht und starrte sie streng an. «Oberschwestern fallen nicht um! Allein diese Idee!»

Patrick wollte schon den Mund aufmachen, aber Omri stupste ihn an, daß er schweigen sollte.

«Entschuldigen Sie vielmals», sagte er.

«Für eine starke Tasse Tee wäre ich dennoch sehr dankbar», bemerkte sie streng. «Vor allem, wenn mich Arbeit erwartet.»

«Erwartet Sie!» rief Omri aufgeregt. «Ich werde Ihnen den Tee etwas später holen, aber würden Sie sich bitte einen Patienten für uns ansehen?»

Twin Stars war schon dabei, die Oberschwester herüberzuzerren zu der Stelle, an der Little Bull auf dem Boden lag.

«Ach du liebe Güte», murmelte die Oberschwester. Sie rückte Haube und Brille zurecht und kniete sich neben Little Bulls ausgestreckter Gestalt hin. Nach einer kurzen gründlichen Untersuchung stand sie auf, betrachtete Twin Stars über den Rand ihrer Brille hinweg, wobei sie das Mädchen offensichtlich jeden Verbrechens unschuldig befand, und lenkte dann einen vorwurfsvollen Blick auf die Jungen.

«Dieser Mann ist in den Rücken geschossen worden.»

«Ja, das wissen wir», sagte Omri.

«Er muß sofort operiert werden. Die Kugeln müssen entfernt werden.»

«Das *wissen* wir», sagte Omri und fügte freundlich hinzu: «Bloß sind das gar keine Kugeln, es sind Musketenpatronen. Sehen Sie...»

«Er muß sofort ins nächste Krankenhaus gebracht werden. Ich empfehle mein eigenes – das St. Thomas.»

«Oberschwester», sagte Patrick.

«Ja, junger Mann?»

«Das geht nicht. Sehen Sie, das St. Thomas ist so groß wie wir, und er ist so groß wie Sie. Sie könnten ihm dort nicht helfen. Das wäre alles viel zu groß für ihn. Sehen Sie das nicht ein?»

Die Oberschwester schloß für einen Moment die Augen, schwankte sichtbar (Omri streckte vorsichtshalber die Hand aus, um sie aufzufangen) und richtete sich dann mit aller Mühe auf.

«Dies alles ist äußerst merkwürdig», sagte sie, «um es vorsichtig auszudrücken. Ich gebe nicht vor, zu verstehen, was mit mir geschehen ist. Aber trotzdem... weiter! Was schlägst du vor?»

«Könnte er bis morgen durchhalten?»

Sie spitzte die Lippen und schüttelte den Kopf. «Äußerst unklug.»

Omri verließ jeder Mut.

«Könnten – könnten *Sie* nicht vielleicht...?»

Die Oberschwester fuhr zusammen.

«*Ich?* Die Aufgabe eines Chirurgen übernehmen? Das ist vollkommen undenkbar. Die Regeln des Arztberufes verbieten so etwas strikt.»

«Aber wenn sie das nicht täten?»

«Was willst du damit sagen?»

«Ich meine – *könnten* Sie es tun, wenn es Ihnen erlaubt wäre?»

«Erlaubt wäre? Dies ist nicht eine Frage der Erlaubnis.»

«Also, dann? Sehen Sie», sagte Omri, und derselbe bittende Ausdruck, den er in Twin Stars' Augen gesehen hatte, war nun in seiner Stimme, «wir haben nur Sie.»

Die Oberschwester drehte sich um und starrte lange auf Little Bull.

«Aber ich habe ja nicht mal Instrumente», sagte sie schließlich.

Mit einem Ächzen warf Patrick den Kopf zurück. «Das

stimmt. Natürlich! Niemand kann ohne Instrumente operieren! Wieso haben wir daran nicht gedacht?»

«Ich hab dran gedacht», sagte Omri. «Wir haben Instrumente. Na ja, so ungefähr.»

Patrick starrte ihn an. «Wo?»

Zur Antwort griff Omri wieder nach der Plastikfigur, die einmal Tommy gewesen war. Schweigend stellte er ihn zurück in das Schränkchen und drehte den Schlüssel im Schloß. Als er die Tür öffnete, lagen dort wieder der ordentliche Stapel Sachen, die Stiefel – und der Koffer mit dem roten Kreuz drauf.

Die Operation

«Du bist *genial*», flüsterte Patrick, als Omri behutsam den winzigen Gegenstand aufhob. Mit der freien Hand stellte er eins der Kästchen, in denen er die Plastikfiguren aufbewahrt hatte, umgekehrt auf die Truhe, breitete ein Kleenex darüber aus und legte die Tasche in die Mitte.

Die Oberschwester eilte so geschäftig herüber, daß ihre gestärkte Schürze rauschte. Sie schreckte ein bißchen zurück beim Anblick des lädierten alten Koffers. Aber das volle Entsetzen ergriff sie erst, als sie ihn öffnete.

«Du schlägst im Ernst vor, daß ich mit dieser Sammlung von Museumsstücken eine Kugel aus dem Rücken eines Mannes hole!» Sie kreischte jetzt geradezu.

«Sind die denn so viel schlechter als das, was man heutzutage benutzt?» fragte Omri verzweifelt.

Mit spitzen Fingern nahm die Oberschwester eine Spritze aus dem Koffer und hielt sie zwischen Zeigefinger und Daumen hoch wie eine tote Ratte.

«Sieh dir das an! Ich bitte dich...»

«Oberschwester», sagte Omri ernsthaft. «Sie scheinen nicht zu verstehen. *Das ist alles, was wir haben.* Was Besseres haben wir nicht. Wenn Sie es nicht versuchen, wird er sterben. Unser Freund. Bitte! Wir wollen doch nur, daß Sie es wenigstens versuchen.»

Die Oberschwester bedachte Omri mit einem skeptischen Blick. Dann packte sie Tommys Koffer und leerte ihn unwirsch auf den gepolsterten Tisch aus. Alle möglichen mikroskopisch kleinen Dinge kamen zum Vorschein. Die Jungen konnten die Verbandsrollen, die dunklen Fläschchen und die Instrumente in ihren flachen Schachteln gerade eben noch erkennen. Sie begutachtete alles eingehend, richtete sich dann auf und sagte: «Es muß sich hier offensichtlich um irgendeine Art von Alptraum handeln. Doch auch in Alpträumen ist es mein Grundsatz, zu tun, was ich kann.»

Omri und Patrick warfen sich einen aufgeregten Blick zu.

«Sie werden es also tun?»

«Unter der Bedingung, daß ihr mich mit einem Operationstisch, einer hellen Lampe, etwas Desinfektionsmittel und einer starken Tasse Tee versorgt.»

Mit alldem konnte Omri sie versorgen und tat es auf der Stelle. Inzwischen war es schon ein Uhr morgens. Alle Bewohner des Hauses waren fest eingeschlafen, und trotzdem schlich er auf Zehenspitzen die Treppe runter und holte echtes Desinfektionsmittel, Watte, einige saubere Taschentücher und einen Kessel kochendes Wasser. Außerdem entfernte er den Verschluß von einer Zahnpastatube und wusch ihn aus. Der sollte als Tasse dienen. Dann machte er mit einem Teebeutel etwas Tee und rührte Milch und Zucker hinein. Er hoffte, sie trank ihn mit Zucker. All das trug er auf einem Tablett ganz leise die Treppen hinauf.

Als er zurück in sein Zimmer kam, hatte Patrick das Kästchen schon als Operationstisch hergerichtet. Omris Nachttischlampe, ein drehbarer Fuß und eine 100-Wattbirne – seine Mutter hatte die fixe Idee, daß schlechtes Licht beim Lesen die

Augen verdirbt –, hatte er rüber auf die Truhe gestellt. Das Licht schien senkrecht auf den Tisch, ohne Schatten zu werfen. Überall waren Kleenextücher ausgebreitet. Es sah sehr hygienisch aus. Little Bull war schon auf den Tisch gelegt worden, und die Oberschwester, bewaffnet mit einer winzigen Schere, schnitt aus einem der Taschentücher für sich einen Chirurgenkittel und ein Operationslaken für Little Bull zurecht.

«Ich werde einen Assistenten brauchen», sagte sie energisch. «Wie ist es mit dem Indianermädchen?»

«Ich spricht nicht viel Englisch.»

«Wir werden ja sehen. Sie sieht intelligent genug aus, um mir zur Hand zu gehen.» Sie winkte Twin Stars herüber, die sogleich neben ihr stand. «Hugh!» sagte sie mit lauter Stimme. Twin Stars sah verwirrt aus. «Ich zeige mit Finger – du gibst her», fuhr die Oberschwester fort. Twin Stars nickte eifrig. «Du sagen. Ich tun.»

Omri wurde angewiesen, einen Tropfen Desinfektionslösung und etwas von dem kochenden Wasser in die kleine Blechkappe zu füllen, die er von der Mundwasserflasche abgeschraubt hatte. Das Wasser färbte sich weiß. Die Oberschwester ließ die Instrumente hineingleiten und goß die Flüssigkeit nach einigen Augenblicken in ein anderes Deckelchen ab. Währenddessen füllte Omri ein paar Tropfen Tee in den Zahnpastatubenverschluß.

«Ah! Vielen Dank, mein Guter», sagte sie, als sie das sah. Sie schien inzwischen fast heiter zu sein und nahm den Verschluß in beide Hände. Für sie hatte er beinahe die Größe eines Eimers, aber sie trank fast alles in einem Zug und schmatzte mit den Lippen. «So ist's schon besser. Tee ist für mich, was für Popeye Spinat ist. Also dann, machen wir uns an die Arbeit.»

Die Jungen sahen nur sehr wenig von der Operation selbst. Das Licht schien direkt auf den weiß abgedeckten Tisch. Die Oberschwester hatte ihnen den Rücken zugekehrt und arbeitete wortlos. Hin und wieder deutete sie auf ein Instrument auf dem Tablett. Twin Stars nahm es dann schnell auf und reichte es ihr. Nur ein- oder zweimal kam sie ins Stocken, und dann schnippte die Oberschwester sofort ungeduldig mit den Fingern. Eine ganze Weile hörte man kein Geräusch außer dem Stampfen der Ponyhufe dann und wann oder dem Klicken von Metall.

Schließlich sagte die Oberschwester: «Ich glaube, wir haben Glück.»

Die Jungen, die sich nicht getraut hatten, zu nahe heranzukommen, obwohl die Oberschwester ihnen beiden befohlen hatte, sich Taschentücher vors Gesicht zu binden, lehnten sich nach vorn.

«Eine – ähm – Patrone ist auf der einen Seite ein- und auf der anderen direkt wieder ausgetreten. Ich bin dankbar, sagen zu können, daß sie die Lunge um Haaresbreite verfehlt hat. Das habe ich, so gut ich konnte, zusammengeflickt. Nun spiele ich noch Verstecken mit der anderen. Ich glaube, sie steckt an seinem Schulterblatt fest. Nicht allzu weit drin. Ich – glaube – ich – hab sie. Jawoll!»

Sie machte eine ruckartige Bewegung und hielt dann eine winzige Pinzette hoch. Was immer sie damit hielt, war für ihre Augen unsichtbar, doch die Spitzen waren rot. Omri schüttelte es. Die Oberschwester ließ das Stückchen Metall mit einem kleinen Pling auf das Tablett fallen. Plötzlich fing sie an zu lachen.

«Was würden bloß die Chirurgen vom St. Thomas sagen, wenn sie mich jetzt sehen könnten!» gluckste sie.

«Wird er gesund werden?» fragte Omri atemlos.

«Oh, ich denke schon. Ja, in der Tat! Euer Indianerfreund, der ist ein großer Glückspilz.»

«Wir sind alle Glückspilze, wo wir doch Sie gefunden haben», gab Omri ehrlich zu.

Die Oberschwester entfernte die Verpackung von einem großen Feldverband. «Verbandszeug aus dem Ersten Weltkrieg», murmelte sie. «Unglaublich, wie sich das gehalten hat. Als wäre es erst letzte Woche hergestellt worden!»

Sie bedeutete Twin Stars, daß sie ihr helfen solle, das Wundtuch auf Little Bulls Rücken zu legen. Dann verbanden die zwei ihn gemeinsam, und danach wischte sie sich das schweißnasse Gesicht mit einem Stückchen Watte.

«Ihr könnt das Licht jetzt ausschalten», sagte sie. «Puh! Ist mir heiß.» Ihre hochragende Haube fiel müde in sich zusammen, aber das schien ihr jetzt nichts zu machen. «Gibt es noch Tee? Welch ein Erlebnis! Hätte ich um alles in der Welt nicht verpassen wollen. Dachte mir schon immer, daß ich simple OPs genauso geregelt kriege wie diese aufgeplusterten Säcke... Du liebe Güte, was *sag* ich da?» Und sie kicherte noch einmal über ihre eigene Respektlosigkeit gegenüber den Standesregeln der Ärzte.

Nachdem sie noch einen Eimer Tee runtergekippt und Twin Stars auch damit versorgt hatte, fühlte sie Little Bulls Puls, gab Twin Stars ein paar einfache Anweisungen und sagte dann: «Meine Herren, ich glaube, wenn es euch nichts ausmacht, sollte ich mich wohl besser wieder im St. Thomas sehen lassen. Weiß der Himmel, wie sie da ohne mich auskommen! Ich fürchte, das Undenkbare ist passiert, und ich bin im Dienst eingeschlafen... Das werde ich mir nie verzeihen können.»

Sie schüttelte Twin Stars die Hände und gab ihr dann einen Klaps – komischerweise nicht auf die Schulter, sondern auf den Bauch.

«Kümmer dich um deinen Mann», sagte sie. «Und paß auch auf dich selbst auf.» Twin Stars sah sie scheu an. «Du wirst eine schöne Überraschung für ihn haben, wenn er nicht sehr bald zu sich kommt!» Dann winkte sie den Jungen zu, rückte ihre welke Haube zurecht und zog den Rock hoch über ihre schwarzen Strümpfe, um in das Schränkchen hineinzuklettern.

Als sie fort war, beobachtete Omri, wie Twin Stars sich an Little Bulls Seite niederließ. Er lag noch immer warm eingewickelt auf dem Tisch und schlief fest.

«Was meinte sie mit Überraschung?» fragte er Patrick, der gewaltig gähnte.

«Ach komm! Hast du's nicht bemerkt?»

«Was soll ich bemerkt haben?»

«Ihren dicken Bauch. Sie wird ein Baby bekommen.»

«Ein Baby! Wow! Das wäre toll!»

«Spinnst du? Das fehlt uns gerade noch!»

«Indianerinnen schaffen das ganz allein», sagte Omri, der etwas darüber gelesen hatte. «Sie machen kein Drama draus. Nicht wie unsere Mütter.»

«Ich glaub, daraus würde jede Mutter ein Drama machen, wenn sie zum Beispiel dich bekommen müßte», sagte Patrick. «Wo kann ich schlafen?»

Omri fühlte sich langsam auch erschöpft, aber er fand es feige, einfach ins Bett zu gehen.

«Meinst du, wir können uns jetzt einfach hinlegen?»

«Sie hat gesagt, es würde ihm schon besser gehen. Sie hat Twin Stars gesagt, was zu tun ist. Da können wir sowieso nicht viel machen. Also, kann ich einfach diese Kissen auf den Boden legen? Ich bin total kaputt.»

Innerhalb von drei Minuten war er eingeschlafen.

Omri brauchte etwas länger. Er hockte sich vor die Truhe und starrte auf Little Bull und Twin Stars. Sie mußte doch auch müde sein, vor allem wo...

«Brauchst du noch irgendwas, Twin Stars? Was zu essen?»

Sie sah mit müden Augen zu ihm hoch und nickte.

«Ich hol dir was!» flüsterte er.

Und noch einmal lief er runter. Diesmal machte er kein Licht. Die Reflexion der Küchenlampe konnte man vom Schlafzimmer seiner Eltern aus nämlich sehen. Er hatte nicht die geringste Lust, irgend jemandem zu erklären, warum er um diese Zeit noch auf war. Das Licht, das von der Straßenlaterne hereinfiel, reichte ja aus, um etwas Kuchen, Brot und Butter in der Küche zu finden.

Was war das? Etwas war am Fenster vorbeigegangen. Er hatte es aus dem Augenwinkel gesehen. Omri erstarrte. Er hätte schwören können, daß es der Kopf eines Mannes war. Als er sich wieder rühren konnte, ging er zum Fenster rüber und sah hinaus.

Er konnte nur Kitsa auf dem Fensterbrett entdecken. Das hätte die Sache vielleicht geklärt, bis auf eine Kleinigkeit: Die Katze hielt den Kopf hoch, die Ohren aufgestellt – nicht in Omris Richtung, sondern in die entgegengesetzte.

Omri kletterte mit dem Essen die Treppen rauf, er fühlte sich mehr als unbehaglich. Wenn er sich genau erinnerte, kam es ihm so vor, als hätte der Kopf, den er da eben gesehen hatte, unter der Straßenlaterne geleuchtet, so als hätte er keine Haare.

Ein Glücksbringer

Little Bulls Genesung glich schon fast einem Wunder. Die Operation war ein voller Erfolg. Schon am nächsten Tag saß er auf, verlangte zu essen und andere Dienste und war dabei nicht mal besonders dankbar für seine Rettung. Alles in allem also wieder ganz er selbst, so wie Omri sich an ihn erinnerte.

Der Indianer konnte seine Freude, Omri wiederzusehen, nicht verbergen. Er versuchte seine Gefühle hinter einer Maske der Würde zu verstecken. Doch dahinter blitzten seine schwarzen Augen, und ein Lachen zuckte immer wieder um seinen strengen Mund.

«Omri viel wachsen», bemerkte er, während er einen Becher heiße Instantsuppe schlürfte. (Eine deutliche Zahnpastaverschlußknappheit machte sich im Haus breit, wie Omris Mutter ihm gegenüber feststellen würde.) «Aber noch Junge. Nicht Häuptling wie Little Bull.»

«Bist du jetzt ein echter Häuptling?» fragte Omri. Er saß auf dem Boden neben der Truhe und starrte verzückt seinen kleinen Indianer an, den er nun wiederhatte. Sogar fast wieder gesund.

Little Bull nickte bedeutungsschwer. «Vater sterben. Little Bull Häuptling von Stamm.»

Omri blickte zu Twin Stars hinüber. Wieviel hatte sie ihm von dem Unglück, das über ihr Dorf gekommen war, erzählt?

Offensichtlich erinnerte er sich an nichts. Sie schien Omris Gedanken zu ahnen und machte ihm hinter Little Bulls Rücken schnell ein Zeichen. Omri nickte. Es war klüger, Little Bull nichts davon zu sagen, bis er wieder stärker war. Er hatte noch keine Fragen gestellt.

Patrick war zum Frühstück geblieben und hatte dann widerwillig seine Mutter angerufen. Er sah ganz enttäuscht aus, als er wieder in Omris Zimmer kam.

«Sie sagt, ich soll zurückkommen», sagte er. «Wir fahren heute wieder. Ich hab gefragt, ob ich noch hierbleiben könnte und später nachkommen, aber sie hat gesagt, ich muß in einer Stunde hier los.»

Omri schwieg. Er konnte sich einfach nicht vorstellen, wie Patrick es ertragen sollte fortzugehen. Was die Situation noch vertrackter machte: Omris Eltern hatten sogar ausdrücklich gefragt, ob er noch eine Nacht länger bleiben könnte. Sie waren zu einer Party eingeladen und würden abends spät nach Hause kommen. Adiel und Gillon hatten auch was vor und würden nicht zu Hause sein. Natürlich würde der Babysitter vorbeikommen, aber das war eine langweilige alte Dame. Patrick hätte Omri herrlich Gesellschaft leisten können. Omri fand, daß Patricks Mutter total übertrieben reagierte, und sagte das auch. Patrick stimmte ihm zu.

Also hatten sie noch eine Stunde. Sie beschlossen, sie damit zu verbringen, sich mit den Indianern zu unterhalten und sie zu versorgen. Als erstes fragte Little Bull gleich nach seinem alten Langhaus, das er selbst gebaut hatte, als er vor einem Jahr bei Omri gewesen war. Zum Glück hatte Omri es noch. Zumindest, was davon übriggeblieben war. Es war auf einer flachen, mit Erde gefüllten Pflanzschale gefertigt, aber die Erde war in der Zwischenzeit völlig ausgedörrt. Einige der senkrechten Pfähle hatten sich darum gelockert, und ein paar der dunklen Rindenschindel, die Little Bull so vorsichtig geschnitzt und an den Querbalken befestigt hatte, waren verschrumpelt und abgefallen.

Als Little Bull sein verfallenes Meisterwerk erblickte, mußten sie ihn mit aller Macht davon abhalten, vom Lager aufzuspringen, um es gleich zu reparieren.

«Warum Omri kaputtgehen lassen? Warum Omri nicht heilmachen?» rief er wutentbrannt.

Omri wußte, es würde nichts bringen, sich auf einen Streit einzulassen.

«Ich kann das nicht so gut wie du», sagte er. «Meine Finger sind zu groß.»

«Zu groß!» stimmte Little Bull finster zu. Er starrte das Langhaus von seinem Lager aus an. Omri hatte die frühen Morgenstunden, bevor irgend jemand wach war, dazu benutzt, ihm aus zwei Streichholzschachteln ein besseres Bett zu bauen, so daß er jetzt auch ein Kopfende hatte, an das er sich lehnen konnte. Omris Gedanken drehten sich um nichts anderes als die Überlegung, wie er es Little Bull und Twin Stars bequemer machen könnte. Er hatte noch das alte Tipi... Sobald es dem Indianer etwas besserging, würde er wahrscheinlich lieber das benutzen, um auch mal allein zu sein. Omri hatte eine Rampe konstruiert, die auf die Pflanzschale führte. Und Twin Stars hatte begonnen, hinauf- und hinabzuklettern und Bettzeug ins Tipi zu bringen. Wie ein kleiner Vogel, der sein Nest baut. Ein etwas schwerfällig gewordener kleiner Vogel... Als er sie so wankend hin- und herlaufen sah, fragte Omri sich, wie lange es noch dauern würde bis zur Geburt ihres Babys.

Er war damit beschäftigt, ihr eine Wasserstelle zu machen, eine Art Teich. Als Becken benutzte er den Deckel einer Kaffeedose, den er in die Erde der Pflanzschale nahe dem Tipi drückte. Außerdem machte er nun endlich einen ordentlichen Eimer aus einem der Zahnpastaverschlüsse: Zuerst bohrte er mit einer glühendheißen Nadel, die er in der Flamme einer alten Kerze erhitzt hatte, zwei Löcher in die Seiten. Dann fädelte er hierdurch einen winzigen Griff, den er aus einem Stück einer feinen Haarnadel seiner Mutter zurechtgebogen hatte. So würde er leichter zu tragen sein. Natürlich war das erst ein Anfang, denn sie würden noch viel mehr Gebrauchsgegenstände benötigen, falls sie länger blieben.

Twin Stars verschwand im Tipi, und Little Bull, der sie auch beobachtet hatte, winkte Omri näher heran.

«Bald ich Vater!» sagte er stolz und schlug sich auf die Brust. Er verzog das Gesicht vor Schmerz.

«Ja», sagte Omri, «deshalb solltest du dich schonen und gesund werden.»

«Ich gesund!» Er rutschte ruhelos auf dem Streichholzschachtelbett herum. Plötzlich sagte er: «Wo anderer Bruder?»

«Was meinst du – meine Brüder?»

«Nein! Little Bull Bruder! Blutsbruder, wie Omri.»

Omri und Patrick begriffen im selben Moment, wen er meinte.

Patrick war auch beschäftigt gewesen. Er war nach draußen gegangen und hatte im Garten ein kleines Stück Gras ausgebuddelt – ein Stück echten Rasen. Ungefähr fünfzehn Zentimeter im Quadrat, eine Koppel, auf der das Pony grasen konnte. Die Koppel sollte auch einen Zaun bekommen, den Patrick aus

Zweigen, Schnur und Klebstoff zusammenbastelte. Nun sah er mit undurchdringlicher Miene von der Arbeit auf.

«Als deine Mutter deine Figuren weggeschmissen hat...» fing Omri zögernd an.

«Ja?»

«Hat sie – alle rausgeschmissen?»

«Soweit ich weiß, schon.»

«Du bist wirklich ein *Dreckskerl*», zischte Omri.

«Ich? Wieso?»

«Du hast ihn also einfach mit zu den andern geworfen, damit deine Mutter ihn mit in den Müll schmeißen konnte!»

«Wovon redest du da?»

«Das weißt du verdammt genau! *Boone.*»

Patrick senkte den Blick. Omri konnte nicht erraten, was er fühlte. Er schien fast zu lächeln, aber Omri war plötzlich so wütend auf ihn, daß ihn das nur noch mehr aufregte.

Obwohl sie leise sprachen, hatte Little Bull mit seinen scharfen Ohren den springenden Punkt des Gesprächs mitgekriegt.

«Wer schmeißen Boone? Ich wollen! Wollen Blutsbruder sehen. Wer schmeißen, ich töten!» brüllte er.

Twin Stars kam bei seinem ersten Brüllen aus dem Tipi hervor und war blitzschnell an seiner Seite. Sie zwang ihn, sich auf den Rücken zu legen, und hielt ihn mit aller Kraft auf dem Bett nieder, bis er sich wieder beruhigt und ihr versprochen hatte, sich gut zu benehmen. Dann hastete sie hinüber an den Rand der Truhe mit einem Funkeln in den Augen, das absolut nichts Gutes verhieß.

«Wo Little Bull Bruder?» verlangte sie nach einer Erklärung. «Little Bull wollen! Nicht gut, ihn wütend machen! Omri bringen Boone. Jetzt.»

Omri fühlte Wut in sich aufsteigen, die kein bißchen kleiner war als die des Indianers. Er wandte sich zornig Patrick zu.

«Du mußt total bescheuert sein, deine Mutter da einfach ranzulassen, damit sie ihn wegschmeißt! Nur weil du aus irgendeinem idiotischen Grund so tun wolltest, als sei all das nie passiert! Ich verdresch dich, du Holzkopf!» Und er stürzte auf Patrick zu.

Patrick wich nicht zurück. Er blieb mit der Hand in der Tasche stehen.

«Hier ist er», sagte er.

Omri blieb mit einem Ruck stehen, als sei er auf eine Stufe getreten, die gar nicht existierte. «Was?»

«Hier ist er. In meiner Tasche.»

Langsam zog er die Hand heraus und öffnete sie. Auf seiner Handfläche lag der heulende Cowboy auf seinem weißen Pferd. Boone – in Lebensgröße. Oder eher in Lebenswinzigkeit.

Omri stieß einen Freudenschrei aus.

«Du hast ihn ja noch! Du hattest ihn die ganze Zeit!» Dann verging ihm die Laune. «Bist du verrückt? Warum hast du das nicht gleich gesagt?»

«Ich bin nicht stolz drauf, daß ich ihn immer noch überall mit hinschleppe», sagte Patrick.

«Dann hast du gar nicht aufgehört, dran zu glauben?»

«Ich weiß nicht. Ich wollte es. Ich hab mal versucht, meinem Bruder davon zu erzählen, und der hat mich 'ne ganze Woche lang verarscht. Sagte, ich sei reif für die Klapsmühle, und erzählte überall rum, daß ich an Elfen glaube. Das hat mich total fertiggemacht. Natürlich konnt ich auch gar nichts beweisen, nicht mal mir selbst. Also wollte ich, daß es nie passiert war.

Aber ich ... ich hab Boone immer in meiner Tasche behalten, wie – na ja, irgendwie als Glückbringer.»

Omri hatte die Figur behutsam aus Patricks Hand genommen und begutachtete sie. Die Beine des Pferdes waren etwas verbogen, und Boones geliebter Hut sah entschieden mitgenommen aus. Aber es war immer noch Boone, unverkennbar, selbst in Plastik. Genauso hatten sie ihn das letzte Mal gesehen: Er saß auf seinem Pferd mit seinem Zwanzigliterhut auf dem Kopf, und in der Hand hielt er ein großes rotes Schnupftuch und schneuzte ein Trompetenschmettern von einem Adieu.

«Abschied kann ich gar nich haben. Ich weiger mich einfach, werd nich good bye sagen, so einfach is das! Würd sonst nur heulen, if I do ...» hatte er in seinem Texasslang gejammert.

«Ach, komm schon, Boone!» flüsterte Omri. Und er stellte ihn ohne Umschweife in das Schränkchen und drehte den Schlüssel im Schloß.

Er und Patrick beugten sich aufgeregt vor, so daß sie mit den Köpfen zusammenstießen. Keiner von ihnen machte sich die tiefe Angst bewußt, die sie jetzt beide erfaßte. Auch Boone hatte zu gefährlichen Zeiten gelebt. Omri erkannte nun, daß die Zeit parallel verlief, auf beiden Seiten sozusagen. Für ihn war ein Jahr vergangen, und in einer anderen Zeit an einem anderen Ort war auch für seine kleinen Männer ein Jahr vergangen. Schrecklich viel (und vor allem viel Schreckliches!) konnte innerhalb von einem einzigen Jahr passieren.

Aber im nächsten Augenblick schon legten sich ihre Ängste. Für den Bruchteil einer Sekunde war alles still. Dann fing Boone an, hinter der Schränkchentür Rabatz zu machen, er schlug und trat gegen die Tür, und ein leiser Schwall von Flüchen drang zu ihnen hindurch.

«Das lass ich doch nich mit mir machen! Nee, Mister, nich mit mir, so isses verdammt noch mal nich fair! Just not fair! Hab nich gesoffen, mich nich geprügelt, hab seit 'ner Woche kein mehr beim Pokern übers Ohr gehaun! Gibt kein Gesetz, das 'n Kerl so mir nix, dir nix in Knast werfen kann, wenner unschuldig wie 'n Säugling is, schon gar nich inne Zelle sperrn, die so duster is, dasser sein eignen Schnurrbart nich mehr sehn kann!»

Die Jungen waren zuerst zu fasziniert, um irgendwas zu tun, und sei es nur, die Tür zu öffnen. Sie hockten einfach nur da und grinsten.

«Es ist Boone! Er ist es wirklich!» flüsterte Patrick.

Boone, noch vollkommen ahnungslos, glaubte nun, als er keine Reaktion auf sein Geschrei und Getrommel bekam, daß niemand ihm zuhörte, und seine Stimme begann zu zittern.

«Die sin einfach abgehaun un haben mich verlassen», murmelte er. «Sin einfach weg un haben old Boone allein im Dustern sitzen lassen...» Auf das Schweigen folgte ein langes Schneuzen, das Schränkchen wackelte ein bißchen.

«Find ich gar nich witzig, not funny», klagte er weiter. Seine Stimme war nun wirklich von Schluchzern geschüttelt.

«Wissen die nich, daß 'n Kerl mutig wie 'n Löwe sein kann un trotzdem im Dustern die Hosen voll hat? Haben die keine Phantasie, 'n Kerl einfach im Stockdustern zu lassen, dasser verrottet in sonem Höllenloch?»

Seine Stimme wurde zur schrillen Flut tränenreichen Gejammers.

Omri konnte es keine Sekunde länger ertragen. Er machte die Tür auf. Das Licht fiel hinein, und Boone sah sofort auf und ließ das Schnupftuch zwischen seinen Knien zu Boden fallen.

Er sprang auf die Füße, starrte sie mit offenem Mund an, und sein Hut saß dabei total schief auf seinem Rotschopf. Das Pferd scheute und schnaubte.

«Also, wer führt mich hier anner Nase rum!» Boone kam endlich heraus. «Soll mich der Teufel holn, wenn das nich ihr Kerls seid, my friends!»

Boones Geistesblitz

«Ja, wir Kerls sind es! Ich meine, wir sind es!» rief Patrick aufgeregt. Er rannte steifbeinig umher und wußte gar nicht, wohin mit seinem Übermut.

Auch Omri war aus dem Häuschen. «Es ist toll, dich zu sehen, Boone», rief er und wünschte sich, er könnte die Hand des kleinen Mannes drücken oder ihm auf die Schulter klopfen.

Boone, der irgendwann im Dunkeln vom Pferd gefallen sein mußte, rappelte sich auf und staubte sich ab. Im Schränkchen kam nun auch das Pferd hinter ihm heraus und stupste ihn kräftig in den Rücken, wie um zu sagen: *Hey, ich bin auch noch da.* Omri konnte ihm fast mit der Kuppe des kleinen Fingers über die Nase streicheln. Das Pferd stieß seinen Finger weg und tauschte mit Little Bulls Pony auf der Pflanzschale ein Wiehern aus.

«Is mächtig gut, euch Kerls wiederzusehn!» sagte Boone herzlich, als er aus dem Schränkchen stolperte. «War mehr als todlangweilig so ohne meine Halluzi-Nationen... Un hier, well, was sagt man dazu, wenn das nich my little Indian girl is!» Twin Stars war schüchtern ein paar Schritte auf ihn zu getreten. Er nahm den Hut ab. «Wie geht's, wie steht's, my Indian lady! Hey, aber wo issen der andere? Die Rothaut, die mich zum Blutsbruder gemacht hat – wo er mich grade erst halb umgelegt hatte?» Er sah sich auf der Truhe um, aber Little

Bulls Streichholzschachtelbett stand mit der Rückseite zu ihm. «Soll mich die Hölle holen, wenn ich den verdammten Schurken nich vermißt hätt, als ich das letzte Mal aufwachte... Oder ‹zurückging› oder wie ihr Kerls das nennt.» Er rieb sich in der Erinnerung die Brust. «Meine alten Kumpels haben schon gedacht, ich hätt 'ne Schraube locker, wie ich versucht hab, denen zu erklären, woher ich so 'ne dicke Pfeilwunde hatte!»

«Geht's dir wieder besser, Boone?»

«Mir? Mir geht's prächtig! Feeling just fine! So schnell kannste Buhu Boone nich um die Ecke bringen. Auch wenn er 'n bißchen weichlich aussieht. Wo isser jetzt, der Little Bull? Laß mich die Hand schütteln, die mich angeschossen hat, dasser weiß, ich trag ihm nix nach!»

Twin Stars verstand nicht viel von dieser Unterhaltung, aber sie hörte Little Bulls Namen heraus. Sie nahm Boone am Arm und zog ihn zum Bett herüber. Als Boone den Indianer so ausgestreckt dort liegen sah, blieb er erschrocken stehen.

«Heiliger Bimbam, was issen mit ihm passiert? What happened?»

«Er ist auch angeschossen worden. Von den Franzosen», fügte Omri leise hinzu und machte Boone ein Zeichen, bloß keine Fragen zu stellen. Aber Boone war nicht der allertaktvollste Mann.

«Beim Schweif von meinem Klepper! Hab den Franzmännern noch nie getraut. Haben da einen, der bei uns den Saloon schmeißt. Irgendwann wird *den* noch mal einer schmeißen – hochkant ausser Stadt raus nämlich! Kippt Wasser in Whisky, you know!» fügte er vertraulich in Twin Stars' Richtung hinzu.

Bei dem Wort «Whisky» öffnete Little Bull die Augen und versuchte sich aufzusetzen. Als er Boone sah, der sich über ihn beugte, stieß er einen Laut des Wiedererkennens aus und sackte dann wieder zusammen, die Hand gegen die bandagierte Brust gepreßt.

«Mensch, der arme alte Wilde!» sagte Boone kopfschüttelnd. Er schniefte. «Nich, daß er's nich bestimmt verdient hat. Sure. Haben ja auch alle nix Gutes im Sinn, aber trotzdem kann ich's gar nich haben, einen Mann mit Schmerzen zu sehn.»

Er wischte sich verlegen eine Träne weg.

«Es geht ihm schon viel besser», sagte Patrick. «Kein Grund zum Heulen.»

Boone putzte sich lautstark die Nase und ließ sich auf die Bettkante plumpsen.

«Tell me – go on, erzähl mir die ganze Sache.»

«Nicht jetzt», sagte Omri hastig.

«Warum zum Donner noch mal nich? Musses sowieso irgen'wann hören. Come on, Indian. Los. Oder haste den Franzmännern guten Grund gegeben, auf dich zu schießen? Schämste dich etwa?»

Little Bull lag auf dem Bett und starrte hoch zu Boone. Plötzlich lag Spannung in der Luft. Denn sie alle – Twin Stars eingeschlossen – warteten auf seine Erinnerungen. Seine Fragen.

Langsam richtete er sich auf, wobei er sich mit den Ellbogen abstützte. Seine Augen waren zu Schlitzen verengt, sein Gesicht angespannt und finster. Mit einem Mal riß er die Augen weit auf und stieß einen wilden Schrei aus.

«Aaiiiiii!»

Twin Stars preßte die Hände vors Gesicht, drehte sich um und floh die Rampe hinauf ins Tipi.

«Was issen in die gefahren?» fragte Boone und sah ihr verdutzt nach.

Doch ein zweiter qualvoller Schrei lähmte sie alle.

«Little Bull sich erinnern! Soldaten kommen – verbrennen Dorf! Verbrennen Mais! Viele, viele...» Er öffnete und schloß rasch hintereinander die Hände, hielt wieder und wieder zehn Finger hoch. «Irokesenkrieger kämpfen – aber nicht genug – kein Gewehre – Pferde... Feind zerstören – verbrennen – stehlen. Töten... töten...»

Seine Stimme brach. Er sprach nicht weiter.

Ein anderer Mann wäre weinend zusammengesackt. Aber Little Bull starrte nur mit wilden Augen und unbeweglichem Gesicht. Seine Lippen waren zusammengepreßt wie der Schnitt eines Messers durch sein steinernes Gesicht. Nur die Hände bebten neben dem Körper, seine Finger krümmten sich zu Haken.

«Mannomann, mein Freund», stammelte Boone schließlich. «Das is schlimm.»

Lange Zeit schwiegen alle. Niemand bewegte sich. Little Bull lag mit offenen Augen auf dem Rücken. Er schien weder ganz wach zu sein noch zu schlafen. Omri bewegte vor den Augen einen Finger hin und her. Sie reagierten gar nicht. Omri, Patrick und Boone sahen einander besorgt an.

«Was sollen wir tun?»

«Nix», sagte Boone. «Armer Kerl hatten Schock abgekriegt. Is mir auch mal passiert. Kam zu mir, nachdem ich in irgendeinem Krawall umgehaun wurde... Konnt mich an absolut nix erinnern, nothing at all. Hab gleich weitergeredet und gesoffen, als sei nix gewesen, als mir plötzlich alles wieder einfiel. Sie hatten einen *gelyncht*. 'ne Bande Kojoten hat 'n Kerl einfach so aufgeknüpft für was, was er nich mal gemacht hat. War das Schlimmste, was ich mit ansehen mußte, the worst. Ich lag nur da und sah alles noch mal passiern. Hat verdammt lang gebraucht, bis ich drüber weg war. Und das is nix gegen, was er jetzt sieht, der arme Wilde...»

Vor Mitgefühl strömten dem Cowboy Tränen über die spröden Wangen.

«Die verdammten Franzmänner... Mischen sich ein... Schleichen sich an un überrumpeln alles un erschrecken die Frauen halb zu Tode. Poor Indians, würd ihnen wirklich verdammt noch mal helfen, wenn's nur nich vor so langer Zeit passiert wär!»

Boone mußte seine Meinung von Grund auf geändert haben. Er hatte absolut nichts für Indianer übrig gehabt, als sie ihn kennengelernt hatten. Omri sagte: «Wenn wir sie jetzt zurückschickten, würde das alles noch im Gange sein. Wenn du ihnen helfen willst, könnten wir dich vielleicht in deren Zeit zurückschicken. Wenn Little Bull sich einfach an dir festhielte, würdet ihr alle zusammen dorthin zurückkehren.»

Boone, der das Gesicht in seinem roten Schnupftuch vergraben hatte, schwieg für einen Augenblick.

«Ich?» fragte er schließlich mit bebender Stimme.

«Na ja, du hast gesagt, du wolltest ihnen helfen. Du hast sogar eine Pistole. Und du kannst die Franzosen nicht ausstehen. Vielleicht würdest du gern ein paar von ihnen abknallen...»

«...bevor die mich abknallen!» beendete Boone den Satz. «'ne tolle Idee, thanks a lot, aber nein danke. Zeiten sind ja schon gefährlich genug, wo ich herkomm oder *wann* ich herkomm oder was? Da brauch ich nich noch extra hundert Jahre zurückgehen, wo's noch zehnmal schlimmer war. Was hält *euch* überhaupt davon ab, den Rothäuten unter die Arme zu greifen, wenn euch so viel an denen liegt?»

Patrick und Omri sahen einander betroffen an.

«Wir können nicht zurückgehen!» rief Patrick aus. «Wie sollen wir das machen? Wir passen doch gar nicht in das Schränkchen?»

Boone schaute sie an, musterte dann von oben bis unten das Schränkchen, es war weniger als dreißig Zentimeter hoch, und dann noch mal die Jungen.

«Stimmt wohl», grummelte er enttäuscht. «Schätze, dagegen kann ich nix sagen. Aber ich weiß noch 'n Weg, wie ihr denen helfen könnt, wenn ihr euch anstrengt.»

«Wie denn?» fragten beide sofort.

«Was issen das da drüben? Is so verdammt weit weg, kann's gar nich richtig erkennen, aber sieht mir so aus wie 'n ganzer Trupp Leute, die auffem Haufen inner Kiste liegen.»

Die Jungen schauten in die Richtung, in die Boone deutete. Da unten auf dem Boden lag die Keksdose mit Omris Sammlung von Plastikfiguren. Er war am Morgen aufs Hochbett geklettert, um sie zu holen. Er hob sie auf und stellte sie auf die Truhe. Auf dem Deckel wurde es langsam ganz schön voll.

«Heb mich hoch, und laß mich mal sehn», befahl der kleine Mann.

Patrick hielt ihm die Hand hin, so daß Boone sich draufhieven konnte. Er sah dabei aus, als würde er versuchen, ein ungesatteltes Pferd zu besteigen. Patrick «flog» ihn hinüber zur Keksdose. Boone legte sich flach hin, spähte über den Rand von Patricks Hand und hielt dabei seinen geliebten Hut gut fest.

«Now look at that – seht euch das an! Was meint ihr wohl,

was ihr da habt? Wenn das nich alle möglichen Männer mit allen möglichen Schießeisen sin? Wenn ihr die in Schrank stekken un lebendig machen un mit den Indianern zurückschicken könnt, würden die am andern Ende rauskommen un die Franzmänner nach Frankreich zurückzischen lassen wie 'n geölten Blitz!»

Omri und Patrick sahen einander an.

«Könnte das funktionieren?» flüsterte Patrick begeistert.

Omri konnte spüren, daß es nicht nur die Möglichkeit war, den Indianern zu helfen, die Patrick so freudig erregte. Patrick hatte von Anfang an mit dem Schränkchen experimentieren wollen. Omri hatte ihn gerade noch davon abhalten können, Dutzende von Soldaten hineinzustopfen, um ganze Armeen zum Leben zu erwecken und gegeneinander kämpfen zu lassen... Boones Vorschlag war für Patrick genau der Vorwand, nach dem er gesucht hatte.

Die Idee verlockte auch Omri, aber er war vorsichtiger.

«Das müssen wir uns erst sehr genau überlegen», sagte er.

Beinahe schlug Patrick mit der Hand, in der er Boone gerade hielt, auf die Truhe.

«Du bist immer nur am *überlegen*!» sagte er wütend. «Wieso versuchen wir's nicht einfach?»

Omri legte die Stirn in Falten, er versuchte, es sich vorzustellen. «Hör zu.» Er griff nach einem Ritter im Kettenhemd, mit einem großen Helm und einem Schild mit rotem Kreuz auf weißem Grund, und hielt ihn in die Luft. «Wenn wir diesen hier zum Beispiel reintun, käme der aus der Zeit Richards des Ersten zu uns. Der hätte nicht die geringste Ahnung, was Indianer überhaupt sind. Der würde nach Palästina losmarschieren wollen, um Sarazenen zu töten.» Er legte den Ritter zurück und griff nach einem Soldaten in khakifarbenen kurzen Hosen und mit einer flachen Mütze. «Dieser hier ist ein französischer Fremdenlegionär. Mit dem könnten wir nicht mal reden. Schon gar nicht mit den arabischen Stammesangehörigen oder den russischen Kosaken. Sie waren tolle Krieger, aber sie wären nicht einverstanden, einfach in einer Armee zu dienen, die Franzosen in Amerika auf der Seite der Indianer bekämpft. Das alles sind keine *Spielzeugmännchen*. Jeder von ihnen ist ein Mensch – ich meine, wenn wir sie zum Leben erwecken würden. Wir müßten ihnen alles erklären. Die Hälfte von ihnen würde es gar nicht erst glauben. Andere würden vielleicht denken, sie hätten den Verstand verloren...»

Aber Patrick unterbrach ihn voll Ungeduld.

«Oh, was steigerst du dich da so rein? Wer redet denn von Soldaten mit Schwertern und Äxten und altmodischen Spielzeugpistolen? Wie wäre es statt dessen mit *diesen* hier?»

Er wühlte durch die Dose und holte eine Handvoll britischer Soldaten heraus. Einige hatten Selbstlader, andere hatten Maschinenpistolen. Da gab es eine Haubitze, eine 37-Millimeter-Panzerabwehrkanone, drei Raketenabschußrampen und eine Vielzahl von Granaten. Omri starrte auf die geballte Feuerkraft, die da zwischen Patricks Fingern steckte. Da hatten sie wirklich eine ganze Armee, und was für eine!

Patrick bewegte sich schon auf das Schränkchen zu, bereit, eine Handvoll Soldaten hineinzustopfen.

«Nein», sagte Omri. «Halt!»

«Ich werd's tun!» entgegnete Patrick entschlossen.

Gerade in diesem Moment hörten sie Schritte die Treppen raufkommen.

Sofort drehten sie sich um und setzten sich auf den äußersten

Rand der Truhe, so daß sie die kleinen Leute mit ihren Körpern abschirmten.

Omris Mutter steckte den Kopf zur Tür herein.

«Patrick, deine Mutter hat eben angerufen. Deine Cousine Tamsin ist vom Fahrrad gestürzt und hat sich böse wehgetan. Deine Mutter wird noch bleiben, um deiner Tante zu helfen. Ihr werdet also heute noch nicht nach Hause fahren.»

Patricks Gesicht leuchtete auf.

«Super! Dann kann ich ja heute noch mal hier übernachten.»

«Das mit deiner Cousine tut mir wirklich leid», sagte Omris Mutter.

«Mir nicht», sagte Patrick patzig. «Hoffentlich hat sie sich ein Bein gebrochen.»

«Also wirklich, Patrick! Das ist aber nicht besonders nett!»

«Ist sie ja auch nicht», sagte Patrick.

Omris Mutter musterte sie neugierig.

«Ihr zwei seht ziemlich komisch aus, sitzt da wie Max und Moritz, als würdet ihr was im Schilde führen. Versteckt ihr was vor mir?»

«Ja», sagte Omri. Wenn möglich, war es immer besser, ehrlich zu den Eltern zu sein. Zum Glück erwarteten sie nicht, in alles eingeweiht zu werden.

«Na ja», sagte sie. «Ich hoffe, es ist nichts allzu Schlimmes. Es gibt gleich einen Happen zum Lunch. Ich werd euch rufen.»

Und damit ging sie wieder.

Patrick lehnte sich erleichtert zurück.

«Deine Mutter, die ist einfach nicht normal», murmelte er.

«Meine hätte nicht aufgegeben, bis sie's rausgefunden hätte...» Er zog die Hand hinter dem Rücken hervor, öffnete sie und betrachtete interessiert die Soldaten. Der ungezähmte Drang, sie ins Schränkchen zu stecken, hatte nachgelassen, obwohl er es natürlich immer noch wollte. Das konnte Omri ihm genau ansehen.

Feuer frei auf Omri

Twin Stars rief nach ihnen.

Sie war wieder an Little Bulls Seite und half ihm nun dabei, sich mühsam aufzusetzen. «Ich glaube nicht, daß er schon sitzen sollte», sagte Omri beunruhigt und fügte hinzu: «Nicht auf – sitzen.» Twin Stars sah sehr besorgt aus, doch Little Bull schob sie zähneknirschend beiseite.

«Little Bull sitzen. Stehen. Zurückgehen, kämpfen!»

«Nein, das kannst du nicht. Du hast noch nicht genug Kraft.»

«Ich genug Kraft! Ich Häuptling. Häuptling nicht sitzen weit fort, wenn Stamm in Not! Omri tun in Kiste. Omri schikken zurück! Häuptling Little Bull befehlen.»

Aber Omri blieb unnachgiebig.

«Du gehst nirgends hin, bevor es dir nicht bessergeht.»

Er sah dem Indianer ins Gesicht. Er verstand sehr gut, wie Little Bull sich vorkommen mußte: wie ein schäbiger Deserteur, obwohl er ja gar nichts dafür konnte, daß er angeschossen und hier gelandet war.

Omri war einmal für eine Woche auf Klassenfahrt gewesen, und als er zurückkehrte, kam heraus, daß seine Mutter sich, allein im Haus, an einer zerbrochenen Flasche gefährlich geschnitten hatte, während er fort war. Obwohl das Blut aus ihrer Hand nur so floß, hatte sie es noch geschafft, das Telefon zu benutzen. Dann war die Ambulanz gekommen, und sie war innerhalb von kurzer Zeit im Krankenhaus und in Sicherheit. An allem hatte weder Omri noch sonst irgend jemand schuld gehabt. Und trotzdem hatte er sich schrecklich schuldig gefühlt, einfach, weil er so weit weg gewesen war.

Es fiel ihm also nicht schwer, sich vorzustellen, wie dringend Little Bull zu seinen Leuten zurückkehren wollte, um ihnen zu helfen. Schließlich war er ihr Häuptling; er war für sie verantwortlich. Wer wußte schon, was in ebendiesem Augenblick im Lager der Indianer los war? Auch Twin Stars ging das nicht aus dem Kopf. Omri konnte ihr ansehen, wie sie hin- und hergerissen war. Einerseits wollte sie, daß Little Bull im Bett liegenblieb, andererseits, daß er zurückging, um zu tun, was er tun mußte.

«Los, wir erzählen ihm von Boones Idee», schlug Patrick vor. «Vielleicht lenkt ihn das davon ab, sofort selbst zurückkehren zu wollen.»

«Yeah! Un was für 'ne Idee ich da hatte!» schaltete Boone sich ein. «Hört mal, warum essen wir nich alle einen Happen un genehmigen uns 'n Schluck Schnaps un wälzen meine Idee? Da gib's nix Beßres als Whisky, das bringt die grauen Zellen in Schwung, nich, Kleiner?»

Also schlich Omri die Treppen runter und zwackte ein winziges Glas Whisky ab aus dem Likörschrank seiner Eltern. Außerdem noch etwas zu essen von dem, was seine Mutter zum Lunch auf dem Tisch bereitgestellt hatte. Sie war nicht gerade eine Küchenfee. Da lagen nur Knäckebrot, Butter und ein paar ziemlich schlappe Oliven, aber das war besser als nichts. Er nahm von jedem ein bißchen und rannte wieder rauf.

Er hätte ahnen müssen, daß es nicht schlau war, das Zimmer zu verlassen.

Als er die Tür öffnete, schlug ihm ein merkwürdiges Geräusch entgegen. Es klang wie lautes Zähneklappern. Dann hörte er ein deutliches Knallen, und *peng* schlug etwas gegen das Glas Whisky, das er in der Hand hatte.

Sein Blick schoß blitzschnell zum Schränkchen hinüber. Da, auf dem mittleren Bord, standen fünf Miniatursoldaten, die das Zimmer mit Maschinengewehrfeuer übersäten. Weiter unten auf der Truhe wuselten noch mehr herum. Die waren dabei, ein kleines, aber tödlich aussehendes Artilleriegerät schußklar zu machen.

Omri hatte keine Zeit zum Überlegen. Er ließ alles fallen, schützte mit der Hand sein Gesicht und stürzte nach vorn. Durch einen Hagel winziger Kugeln, die ihm wie Wespenstiche in die Handfläche drangen.

Patrick stand einfach nur entsetzt daneben, anscheinend viel zu verblüfft, um irgend etwas zu tun. Omri fiel über die kleinen Männer in ihren khakifarbenen Uniformen her, raffte sie samt ihren Waffen an sich, stopfte sie zurück ins Schränkchen und schlug die Tür zu. Er hörte noch das Geratter einiger Maschinengewehre und dann das gedämpfte Donnern einer Handgranate, die gegen die Innenseite der Tür explodierte, bevor er seinen Verstand wieder beisammen hatte und den Schlüssel im Schloß herumdrehte.

Stille machte sich breit im Zimmer.

Zuerst einmal blickte Omri über seine Schulter, um sicher zu sein, daß Little Bull, Twin Stars und Boone in Ordnung waren. Eine Linie von Einschußlöchern zog sich über den Streichholzschachtel-Kopfteil des Bettes. Aber glücklicherweise hatte Twin Stars Little Bull überredet, sich wieder hinzulegen, kurz bevor die Schießerei losgegangen war, und es ging ihm gut.

Twin Stars hielt die beiden Pferde, die auf Patricks Koppel standen. Sie schlugen aus, stiegen auf in panischer Angst und wieherten schrill, während Twin Stars sie an den Zügeln festhielt.

Boone war auf den ersten Blick nirgends zu sehen. Aber dann entdeckte Omri das winzige Paar Cowboystiefel mit Sporen, das unter der Rampe hervorguckte. Er mußte in Deckung gesprungen sein, als die Attacke begann. Nicht besonders heldenhaft, aber sicherlich das vernünftigste zu diesem Zeitpunkt und mörderischen Anlaß.

Als nächstes untersuchte Omri seine Hand. Ein halbes Dutzend Blutströpfchen quoll aus ebenso vielen winzigen Kratzern in der Haut. Omri erinnerte sich daran, wie Patrick eine Kugel aus Boones Revolver in der Wange gehabt hatte. Er quetschte die Kugeln, die direkt unter der Haut saßen, zwischen Daumennagel und Zeigefinger heraus. Kein Wort zu Patrick. Was sollte das für einen Sinn haben? Manche Menschen lernen einfach nie.

Aber Patrick hatte etwas zu sagen, mit heftig bebender Stimme.

«Ich hätte sie alle töten können.»

Omri biß sich auf die Lippen. Die Kugeln waren gerade noch sichtbar, klitzekleine schwarze Punkte. Es tat weh, sie rauszuholen. Aber es war auch irgendwie befriedigend, sie wie Pickel auszudrücken.

«Ich wollte doch bloß sehen, was passiert», flehte Patrick.

«Hast du ja jetzt gesehen. Besten Dank auch.»

«Tut mir leid.»

«Das tut dir hinterher immer ganz beschissen leid, wenn du irgendeinen totalen Mist gebaut hast.»

Patrick ließ sich auf keinen Streit ein. Er beugte sich vor und zog Boone an den Füßen unter der Rampe hervor.

«Alles in Ordnung, Boone. Sie sind weg.»

Der kleine Mann stammelte unverständliches Zeug und schlotterte am ganzen Körper.

«Wer zur Hölle waren diese Burschen?» brachte er schließlich stockend hervor.

«Soldaten.»

«Aus welcher Zeit?»

«Heute. Ungefähr.»

«Heiliger Strohsack! Bin ich froh, daß ich tot sein werd, bevor so ein Geballer losgeht!» sagte er inbrünstig. «Haste was abgekriegt, Kleiner? Did they get you?» fragte er Omri besorgt, als ein Tropfen Blut neben ihm auf die Truhe fiel.

«Nur ein bißchen», sagte Omri, während er ein zerknülltes Kleenex auf die Verwundungen preßte.

«Haste was vom Hochprozentigen geholt?» fragte Boone gierig. «Davon könnt ich jetzt *echt* einen Schluck brauchen.»

«Oh – der muß mir runtergefallen sein!»

Boone verzog enttäuscht die Mundwinkel. Aber als Omri zur Tür ging, sah er, daß sein Glas trotz des Sturzes nicht kaputtgegangen war. Der meiste Whisky war natürlich verschüttet, aber am Boden des Glases war noch ein bißchen übrig. Er bot Boone das Glas an, und der hievte sich auch gleich über den Rand hoch und tauchte kopfüber hinein. Mit den Stiefeln hing er am Glasrand fest und fing an, die letzten Tropfen Whisky aufzuschlecken wie ein Hündchen.

Omri konnte sich das Lachen nicht verkneifen.

«Ach, komm schon, Boone! So durstig kannst du doch gar nicht sein. Denk dran, du sollst ein zivilisierter Mensch sein.»

Hiermit angelte er ihn heraus und goß den letzten Rest in den Zahnpastaverschlußbecher. «Laß Little Bull noch was übrig.»

Boone sah schockiert aus.

«Kannst doch einem Indianer kein Schnaps geben, weißt du das nich? Macht se verrückt – crazy. Haben einfach nich die Köpfe zum Saufen. Un sowieso, kannst *ihm* kein geben. Der is noch viel zu krank.»

«Als du verwundet warst, hast du drauf geschworen, daß Whisky dir hilft, gesund zu werden.»

«Yeah, hab ich wohl gesagt.» Traurig sah er in seinen Becher hinein. «Na ja, wenn du bee-reit bis, es zu riskieren – aber kannst später, wenner durchdreht, nich sagen, ich hätt dich nich gewarnt. Da...» Er reichte Omri den Becher. Omri gab ihn weiter an Little Bull. Little Bull saß schon wieder auf und untersuchte die Einschußlöcher in seinem Bett.

«Boone läßt dir etwas Whisky schicken, Little Bull.»

«Nicht wollen», sagte der Indianer sofort.

«Warum nicht? Ich dachte, der schmeckt dir.»

«Feuerwasser für Fest. Um glücklich machen. Nehmen weg Sorgen. Little Bull müssen Kopf klar behalten. Müssen denken, dann handeln. Geben Boone Feuerwasser. Er nicht brauchen denken.»

Boone nahm den Schnaps ohne Widerworte zurück. Omri sammelte ein paar Stückchen Knäckebrot und Oliven vom Boden auf, und bald kauten all die kleinen Leute, obwohl sie offensichtlich von Oliven nicht viel hielten.

«Also, meine Idee könnt funksionieren», bemerkte Boone, nachdem er seinen Becher vollkommen geleert hatte. «Zehn solche Kerls mit solchen Knarren, un die Franzmänner wärn auf den Knien, wenn se noch welche übrig hätten, um die Redskins, äh Rothäute, um Pow-Wow anzubetteln, 'n Kriegsrat, mein ich.»

Patrick, der am Fenster gestanden hatte, drehte sich um. «Genauso hatte ich mir das auch gedacht», sagte er.

Sie trieben Omri noch zur Verzweiflung. Wie konnten sie beide so dumm sein?

«Was meinst du, Little Bull?» fragte Patrick eifrig. «Wie wär's, wenn wir lauter solche Soldaten lebendig machen und sie dann irgendwie alle mit dir zusammen zurück in dein Dorf schicken würden? Sie könnten die Franzosen für euch bekämpfen.»

Little Bull wurde ganz still. Seine schwarzen Augen wanderten von einem zum andern. Einen Moment lang fürchtete Omri, er würde auf eine so verlockende Lösung anspringen. Doch dann schüttelte er widerwillig den Kopf.

«Idee nicht gut», sagte er schroff.

«Aber! Why not? Wieso nich?» fragte Boone. «Die würden se zu Hackfleisch schießen in nur zwei Minuten, un du wärst sie für immer los. Würden es nie wieder wagen, euch noch mal zu belästigen!»

«Jetzt-Soldaten nicht gut», sagte Little Bull. «Sie nicht kämpfen für Little Bulls Leute. Sie kämpfen auf Seite von Franzosensoldaten.»

«Wenn überhaupt», sagte Omri. «Sobald die mitkriegen, daß sie nicht da sind, wo sie hingehören, würden sie sich wahrscheinlich einfach hinsetzen und sich weigern, überhaupt zu kämpfen.»

«Wir könnten's ihnen erklären», sagte Patrick.

«Aber klar, versuch du mal, einem Haufen Soldaten, die

wahrscheinlich mitten im Zweiten Weltkrieg oder in Nordirland stecken, zu erklären, daß sie jetzt nicht mehr die Nazis oder die IRA bekämpfen sollen. Erklär ihnen, daß ihr neuer Befehl lautet, Franzosen aus dem achtzehnten Jahrhundert mitten in Virginia abzuknallen!»

«Na, wem *könntest* du es denn erklären?»

Plötzlich hatte Omri seinen Geistesblitz.

«Ich sag dir, wem! *Anderen Indianern.*»

Little Bulls Kopf schnellte herum. Er verstand den Sinn der Sache sofort.

«Ja!» rief er gleich.

«Was?» fragte Patrick.

«Was willste damit sagen, Kleiner?» fragte Boone.

«Hört mir zu!» rief Omri aufgeregt. «Hier ist mein Plan: Wir müssen losgehen und einen ganzen Haufen Indianer kaufen. Irokesen wie Little Bull. Er kann uns sagen, nach was für Kleidung wir gucken müssen und so – obwohl ich das eigentlich auch schon weiß. Dann erwecken wir sie zum Leben, und Little Bull kann mit ihnen reden. Und wir können sie alle miteinander zurückschicken, sobald es Little Bull bessergeht, und...»

«Jetzt zurückschicken! Ganz bald! Mir gut gehen, *jetzt* besser gehen!» schrie Little Bull. Twin Stars kam herbeigelaufen, um ihn zu besänftigen, doch er ließ sich nicht beruhigen. Er begann, mit lauter Stimme Dinge in ihrer eigenen Sprache zu erklären. Sie schien sehr aufgeregt zu sein, klatschte in die Hände und sah zu Omri auf mit ebenden leuchtenden Augen, nach denen sie benannt worden war: Twin Stars – Zwillingssterne.

«Geister wissen, Omri retten», sagte sie. «Auch retten Dorf!»

Doch Little Bull hatte noch etwas anderes vor.

«Jetzt-Gewehre», sagte er.

«Was?» fragte Omri, der nicht gleich verstanden hatte.

«Jetzt-Soldaten nicht gut. Aber Jetzt-Gewehre gut. Holen Irokesenkrieger, Plaß-tick, viele, viele. Dann geben Kriegern Jetzt-Gewehre, wie das machen Loch in Bett.»

Die Truppen

Um keinen Verdacht zu wecken, aßen die Jungen ihr Lunch unten, obwohl es die reine Qual war, das Dachzimmer zu verlassen, wo gerade so viel passierte. Little Bull durchlitt schreckliche Seelenqualen, das konnten sie ihm ansehen. Und obwohl Omri selbst keine Eile hatte, ihn zurückzuschicken, fühlte er sich gedrängt, schnell etwas zu tun, um ihren Plan voranzutreiben.

Omris Eltern redeten von nichts anderem als einer Party für den Abend. Adiel und Gillon wollten sich einen Film angucken und stritten verbissen darüber, welchen. Nebenbei diskutierte Gillon auch noch mit seinen Eltern, ob sie nicht vielleicht ein Video ausleihen sollten. So könnten sie letztlich viel mehr sparen, als das Kino koste. Die Reaktion der Eltern auf diese glänzende Idee war wie gewöhnlich ablehnend.

All dies kam Omri lächerlich unwichtig vor, wo er doch so viele Probleme im Kopf hatte. Patrick und er waren vorm Lunch schon im Spielzeugladen gewesen. Omri hatte eines seiner Bücher über Indianer mitgenommen und hatte versucht, genau die rauszusuchen, die typische Irokesenkleidung trugen. Weite Hosen mit Federdekorationen, Mokassins, die um die Knöchel geschnürt werden, eine Art Felltasche, die wie eine Schürze um die Hüfte hängt, und Truthahnfedern in einem Stirnband um den Kopf. Bloß gab es leider nicht viele, die so aussahen. Unglaublich, was für eine verwirrende Vielfalt an Indianerkostümen es gab. Der Spielzeugladen hatte Figuren von mindestens einem Dutzend verschiedener Stämme.

Omri wußte, wie grausam der Haß zwischen Stämmen sein konnte, die Krieg miteinander führten. Die Algonquins zum Beispiel waren Todfeinde der Irokesen. Es würde absolut keinen Sinn haben, welche von *ihnen* zu kaufen. Aber da es nicht einmal annähernd genug Irokesen gab, hatte Omri auch noch ein paar gekauft, bei denen er sich nicht ganz sicher war. Er hoffte, daß Little Bull in ihnen vielleicht Mitglieder eines befreundeten Indianervolkes erkennen würde, die sogar bereit sein würden, den Irokesen beizustehen.

Patrick stand mit dem Buch in der Hand vor einem anderen Regal und sah sich englische Soldaten aus verschiedenen Epochen an. Er wollte ein paar finden, die vielleicht die Franzosen in Amerika bekämpft hatten. Omri war gar nicht scharf drauf, irgendwelche weißen Männer ins Spiel zu bringen. Aber Patrick beharrte, sie seien ja sowieso schon mit drin.

«Ich wette, die könnten mit modernen Waffen sowieso besser umgehen als ein Haufen primitiver Indianer.»

Omri schimpfte, er solle nicht so ein dummer Rassist sein. Aber als Patrick doch welche fand, die «richtig» aussahen, hatte Omri nichts mehr dagegen, vier Fußsoldaten und einen berittenen Offizier zu kaufen. Das Pferd, ein sehr schönes schwarzes, machte die Figur gleich viel teurer.

Der ganze Trupp – ungefähr fünfzig verschiedene Indianer und fünf Soldaten – kostete sie über vierzig Mark. Für Omri mehr als drei Wochen Taschengeld! Patrick steuerte einen Teil bei, aber er hatte nicht viel Geld dabei.

Also hatten sie jetzt eine ganze Tüte voll möglicher Verbündeter für Little Bull. Die Jungen konnten es kaum abwarten loszulegen. Sobald das Mittagessen vorbei war, gingen alle Familienmitglieder ihrer Wege, und das Haus wurde ruhig. Auf dem Weg nach oben fragte Omri: «Sollen wir es wagen, sie mit in den Garten zu nehmen?»

«Ich will endlich anfangen, Figuren ins Schränkchen zu tun», sagte Patrick.

«Ich auch. Aber laß uns das Schränkchen rausbringen. Dann wird es nicht so gefährlich, wenn es irgendwelche Schießereien gibt.»

«Warum sollte es draußen weniger gefährlich sein?»

«Weiß auch nicht… Kommt mir einfach so vor, als wäre es sicherer.»

«Na gut. Aber was, wenn dein Vater oder sonst irgendwer raus in den Garten kommt?»

«Dad ist in seinem Studio und malt. Außerdem ist da doch die Ecke ganz am Ende, wo eigentlich nur Büsche stehen. Das ist ganz von Hecken umgeben. Da geht er nie hin.»

Die kleinen Leute hatten ihre Rückkehr voller Unruhe erwartet.

«Wo Omri bleiben so lange Zeit?» wollte Little Bull sofort wissen.

«Reg dich nicht auf. Wir haben die Krieger besorgt.»

Little Bull saß mit glühenden Augen im Bett.

«Zeigen!»

«Einen Augenblick noch.»

Vorsichtig hob Omri die Streichholzschachtel auf die Pflanzschale. «Twin Stars, deck ihn gut zu. Wir gehen nach draußen.»

Sie zog den abgeschnittenen Fingerling hoch bis unter Little

Bulls Achseln, während Boone die Rampe raufrannte und sie hinter sich hochzog. Die zwei Ponys grasten auf ihrer eingezäunten Koppel. Omri hob die Schale mit all den kleinen Menschen und Tieren drauf hoch. Patrick nahm das Schränkchen und die Tüte mit den neuen Kriegern. Schließlich fiel ihm noch ein, daß es nicht schaden konnte, die tüchtige Oberschwester dabeizuhaben. Er steckte sie in die Tasche. Omri spähte erst einmal kurz hinaus, um sicherzugehen, daß die Luft rein war. Dann marschierten sie vorsichtig die Treppe hinunter und durch die Küchentür raus in den Garten hinterm Haus.

Es war wirklich ein sehr hübscher Garten, viel schöner als der des alten Hauses. Hier gab es nicht nur ein rechteckiges Stück Rasen mit ein paar Blumenbeeten, sondern viele Winkel und geschützte Ecken. Omri steuerte auf seine Lieblingsecke zu, ein Gebüsch mit einem Stückchen Gras in der Mitte. Rhododendron und andere hohe Sträucher versperrten neugierigen Augen den Blick. Die Sonne stand hoch am Himmel, und das Fleckchen war windgeschützt. Trotzdem schlug Omri vor, daß Little Bull ins Langhaus gebracht werden sollte, um sich nicht zu verkühlen.

«Nein! Nicht wollen! Wollen sein in Sonne! Sonne geben *orenda.*»

«Was ist das?»

Little Bull sah verblüfft aus.

«Nicht kennen *orenda? Orenda* für alle Menschen. Lebenskraft. Sonne geben. Und Regen. *Orenda* in Tier, Pflanze, alle Dinge. Herr des Guten machen. Omri jetzt sein Herr des Guten! Machen Krieger, viele, kämpfen für Little Bull Leute.»

Omri lief ein kalter Schauer über den Rücken. Die Idee,

Herrgott zu spielen, gefiel ihm überhaupt nicht. Aber jetzt war alles zu spät, einen Rückzieher konnte er nicht mehr machen.

Sie stellten die Pflanzschale und das Schränkchen ins Gras. Boone rückte die Rampe gleich wieder in ihre alte Position, sattelte sein Pony, überprüfte das Lasso, das er immer um seinen Sattelknauf gewickelt hatte, und machte sich auf einen Erkundungsritt. Das Gelände war unwegsam, weil der Rasen hier im Gebüsch nicht oft gemäht wurde, aber das schien ihm nichts auszumachen.

«Ihr Kerls regelt eure Angelegenheiten, un ich galoppier mir 'ne Runde!»

«Behalt uns im Auge», sagte Patrick.

«Das is, als würdste sagen, behalt die Rocky Mountains im Auge!» lachte Boone. Er winkte ihnen mit seinem Hut zu, und los ging es. Er jagte durch die Grashalme und schrie dabei «Jippie!» nach bewährter Cowboy-Art. Was die Jungen an Boone besonders schätzten, war, daß er sich immer genau so verhielt, wie sie es erwarteten. Ein willkommener Ausgleich für Little Bull. Bei ihm wußten sie nie, was sie zu erwarten hatten.

Die Jungen machten sich nun daran, die neuen kleinen Krieger in einer Reihe aufzustellen, damit Little Bull sie inspizieren konnte. Obwohl der Indianer genau wußte, daß sie ihn nicht sehen konnten, schien er sich zu schämen, daß er in einem «Bett von weißen Mann» lag. Er ließ sich von Twin Stars aus dem Bett hinüber auf einen Stoß Rhododendronblätter helfen, die er auf den Boden hatte legen lassen. Das neue Lager sah prachtvoll aus, wie feste Lagen von glänzendem dunkelgrünem Leder. Aber nicht sehr bequem, dachte Omri.

Little Bull saß mit überkreuzten Beinen darauf und begutachtete die Indianerfiguren, eine nach der anderen. Mehrmals ließ er sich eine der Figuren näher heranbringen und zur genaueren Inspektion vor sich hinlegen. Einige erklärte er mit herrischer Handbewegung als untauglich. Einmal stieß er ein tiefes Grollen aus.

«Warum bringen Algonquin-Feind?»

«Entschuldigung», sagte Omri und entfernte hastig die beleidigende Figur. «Ich dachte, er sei Mohikaner. Er ist so angezogen.»

«Mohikaner Teil von Irokesen-Nation. Omri nicht sehen Unterschied? Dumm. Große Augen nicht die besten.»

Endlich wurden ungefähr Dreiviertel der Krieger, die sie gekauft hatten, für gut befunden. Little Bull wandte seine Aufmerksamkeit den britischen Soldaten zu.

Sie waren ziemlich prächtig in ihren weißen Kniehosen, scharlachroten Mänteln und dreieckigen Hüten. Aber Omri fand, sie sahen nicht sehr kriegstauglich aus. Die weißen Bänder, die sich über Brust und Rücken kreuzten, bildeten eine geradezu ideale Zielscheibe. Aber vielleicht sollten die grellen Farben ihrer Uniformen den Feind ja einschüchtern. Jedenfalls waren sie alle mit Musketen bewaffnet, an deren Läufen furchterregende Klingen angebracht waren. Omri bog eine davon leicht mit dem Finger und stellte sich vor, wie scharf und tödlich sie sein würden, wenn das Schränkchen erst seine Arbeit getan und die Bajonette in glänzenden Stahl verwandelt hatte.

«Diese nicht gut», äußerte Little Bull entschieden.

Patrick und Omri waren erstaunt.

«Was stimmt nicht an denen?» fragte Patrick. «Kommen sie aus der falschen Zeit?»

«Richtige Zeit. Fast richtig. Engländer-Soldaten wie die

kämpfen gegen Franzosen in großer Schlacht etwas früher. Franzosen gewinnen.»

«Oh! Wieso bloß?»

«Kämpfen besser. Aber auch Engländer-Kleidung dumm. Das ... das ...» Er deutete verächtlich auf die roten Mäntel mit den weißen Besätzen. «Fangen Sonne. Rufen Auge von Franzosen-Soldaten. Gewehr zielen. Pschu!» Er ahmte das Geräusch eines Schusses nach. «Nicht gut, wenn Soldat stolz. Muß so anziehen, daß Feind nicht sehen.»

«Wie ziehen sich die englischen Soldaten – ähm – heute an?»

«Mehr wie Indianer. Erdfarben. Wie Blatt. Schatten. Besser für verstecken. Dann fallen her über Feind. Weißer Mann lernen viel von Indianer.»

«Also wer ist hier stolz?» flüsterte Patrick Omri zu.

«Little Bull da hören!» brüllte der Indianer. Er hatte so feine Ohren wie eine Fledermaus.

«Du willst also nicht, daß wir diese Männer zum Leben erwecken?» fragte Patrick schnell.

«Nicht brauchen. Krieger und Jetzt-Gewehre genug.»

Die Jungen sahen einander kurz an. Das hier war knifflig. Little Bull *war* stolz, und der Hinweis, daß weiße Männer vielleicht besser mit modernen Waffen umgehen könnten, würde ihm gar nicht gefallen.

«Hör mal zu, Little Bull...» begann Omri mit einschmeichelnder Stimme.

Plötzlich erstarrten sie. Omri hörte seine Mutter vom Haus nach sich rufen.

«Omri! *Omri*!»

«Was?» erwiderte er und sprang schnell auf die Füße.

«Schatz, Kitsa hat einen Vogel gefangen! Oder eine Maus

oder so. Jedenfalls spielt sie damit auf dem Rasen. Kannst du...?»

Omris Kopf war leer wie eine hohle Nuß. Er hörte gar nicht mehr, was seine Mutter sagte. Aber Patrick war schon blitzartig aufgesprungen und stürzte wie ein Wahnsinniger durchs Gebüsch. Omri kam hinter ihm her, und die Äste schlugen ihm ins Gesicht.

Auf dem großen Rasen hockte Kitsa, ihr schwarzweißes Fell glänzte wunderschön, geschmeidig und tödlich im Sonnenschein. Angespannt saß sie in Kauerstellung; nur ihre Schwanzspitze zuckte, sonst schien sie vollkommen bewegungslos.

Vor ihr im Gras lag etwas – klein, hilflos und lebendig.

Weiße Bärin

«KITSA!»

Omri brüllte wie besinnungslos. Aufgeschreckt sah sich die Katze um. Beide Jungen kamen auf sie zugestürzt. Verstört über die Unterbrechung drehte sie sich wieder um, und mit einem raschen Wackeln des Hinterkörpers schlug sie zu. Patrick erreichte sie fast im selben Augenblick.

Er hatte keine Zeit zum Überlegen, und deshalb trat er einfach nach ihr. Mit einem Satz schoß sie davon. Obwohl er sie fast noch berührte, flog sie eher von selbst durch die Luft. Unter wütendem Jaulen floh sie, mit leerem Maul. Patrick hatte ihr einen Strich durch die Rechnung gemacht.

Omri und Patrick fielen genau an der Stelle, von der Kitsa so hastig geflohen war, auf die Knie.

Das weiße Pferd lag auf der Seite. Es bewegte die Beine, war aber offensichtlich verletzt. Immer wieder hob es den Kopf und wieherte, um ihn dann wieder matt zurückfallen zu lassen. Boone lag halb unter dem Pferd. Er bewegte sich nicht.

Patrick verlagerte das Pony ganz behutsam, bis er Boone unter ihm hervorheben konnte. Mit einem Mal sprang Boone auf und schrie: «Am I dead? Tot? Hat's mich umgebracht?»

«Mir scheint, du bist ganz in Ordnung», sagte Patrick. Omri kam diese Stimme vor wie die eines Fremden. Tief und schroff wie eine Männerstimme. Boone sah sich benommen um.

«Was war das?»

«Eine Katze?»

«'ne *Katze*! Das war das ungeheuer riesigste Viech, das ich je in meinem gan-zen Leben gesehn hab! Kam einfach so aus dem Nix. Ritt grad noch so daher, denk an gar nix Schlimmes, un auf einmal...»

Dann fiel sein Blick auf das Pferd. Es hob den Kopf hoch und wieherte leise, als würde es bitten, ihm zu helfen. Einen Moment lang herrschte schreckliche Stille. Boone hockte sich nieder neben den Kopf des Pferdes, streichelte es, fuhr ihm mit der Hand übers Fell. Er schnallte den Sattel ab, nahm ihn herunter und ließ seine Hände ganz sanft über die weiße Flanke gleiten.

Dann nahm er seinen Hut ab. Das war eine seltsame Geste. Omri hatte gesehen, wie Männer in Filmen das tun, wenn sie von einem Todesfall hören. Eine Geste, die Respekt ausdrückt, eigentlich etwas noch Größeres als Respekt. Er stand auf.

«Rippen gebrochen», sagte er. «Muß ihn erschießen.»

«*Oh nein*!» hörte Omri sich mit verzweifelter Stimme rufen.

«Macht kein Sinn, ihn weiter leiden zu lassen, nur damit er lebt. Er is mein Kumpel.»

Seine Stimme, die sonst beim kleinsten Anlaß versagte und sich in Tränen auflöste, war jetzt seltsam fest.

Langsam griff er nach seinem Revolver.

Omri konnte es nicht aushalten. «Bitte, Boone! Tu's nicht! Wir können ihn bestimmt retten!»

Boone schüttelte den Kopf. «Dazu is es schon zu spät. Too late. Ich musses tun.» Er sah noch einmal zu ihnen hoch. Sein Gesicht war angespannt, aber seine Augen blieben trocken. «You boys, ihr Jungs, dreht euch um. Das hier is nix für Kinder.»

Omri drehte sich weg. Patrick nicht. Boone bückte sich. Er flüsterte kurz etwas in das Ohr seines Pferdes. Dann hielt er den Revolver an seinen Kopf. Omri sah nichts davon, doch er hörte den Schuß. Tränen strömten ihm aus den Augen. Er konnte sie nicht unterdrücken. Mit beiden Händen wischte er sie schnell und wütend weg.

Warum sollte er, der sonst kaum noch weinte, über den Tod von Boones Pferd weinen, wenn Boone, der immerzu weinte, sich so unter Kontrolle hatte? Als er sich umdrehte und Boone dort bewegungslos neben dem Pferdeleichnam stehen sah, mit dem Hut in der einen und dem Revolver in der anderen Hand, versuchte Omri sich für seine Schwäche zu schämen, doch er konnte es nicht. Es war zum Teil ja seine Schuld, daß diese Katastrophe überhaupt passiert war. Von ihrem Plan und der aufregenden Aussicht, noch mehr kleine Leute zum Leben zu erwecken, waren sie so erfüllt gewesen, daß sie Boone einfach hatten losziehen lassen in diese monströse Wildnis voller tödlicher Gefahren. Daß es auch noch Omris eigene heißgeliebte kleine Katze sein mußte, die das getan hatte, machte alles noch schlimmer.

Jähzorn und sinnlose Wut stiegen in ihm hoch. Er hockte sich hin.

«Ich werde sie umbringen», zischte er zwischen den Zähnen hervor.

Boone sah zu ihm hoch.

«Gar nix bringste um, Kleiner. Das Viech is nur nach Instinkt gegangen. Kannst eine Katze nich dafür bestrafen, daß sie 'ne Katze *is*, auch wenn sie sich so wild un plötzlich auf ein stürzt wie 'n Wirbelsturm in Texas.»

«Wir werden dir ein anderes Pferd besorgen.»

«Yeah, das macht mal. Mit dem werd ich auch noch Kumpel werden, wie ich's mit diesem hier war. Irgendwann. Denk ich. Bist kein ganzer Mann ohne 'n Pferd.»

Er steckte seinen Revolver zurück ins Halfter. «Kann ich jetzt mal 'ne Schaufel haben?»

Patrick schluckte, räusperte sich und sagte: «Wir werden ihn für dich begraben, Boone.»

«Thanks, mein Sohn, ich wär dir sehr verbunden.»

Omri holte eine Schaufel aus dem Gewächshaus und grub unter einer Chrysantheme ein kleines Loch ins Blumenbeet. Boone nahm dem Pferd das Zaumzeug ab und legte sich den Sattel über den Arm. Dann hob Patrick den Leichnam auf. Er war noch warm und merkwürdig schwer für seine Größe. Er legte ihn in das Loch, und Omri deckte ihn mit Erde zu und häufte einen kleinen Grabhügel auf. Sie blieben einen Moment lang dort stehen. Dann setzte Boone sich seinen Hut wieder auf den rötlichen Schopf.

«Also dann. Come on», sagte er. «Wir sollten wohl mal zurück zu den andern gehn, bevor *den* noch was zustößt.»

Patrick trug den Cowboy zurück durch die Rhododendronbüsche.

Zuerst sah Omri keine Spur von Little Bull und Twin Stars. In diesem Augenblick schien ihm fast das Herz stillzustehen. Doch dann kam Little Bull aus dem heruntergekommenen Langhaus gelaufen – ja, er kam wahrhaftig gelaufen, wenn auch langsam und etwas unsicher.

«Wohin ihr gehen? Warum fortgehen?» fragte er fordernd.

Patrick blieb stehen und öffnete die Hand, so daß Boone hinunter auf die Pflanzschale steigen konnte. Soweit Omri das beurteilen konnte, sah der Cowboy so aus wie immer. Aber

Little Bull schien gleich zu spüren, daß etwas nicht stimmte. Er erriet sogar, was es war.

«Wo Pferd?» fragte er Boone.

«Tot», antwortete Boone knapp.

Sie wechselten kein weiteres Wort. Aber der Indianer berührte Boone kurz an der Schulter, bevor er sich wieder Omri zuwandte.

«Jetzt wir tun Krieger in Kiste.»

Doch dieses Mal war es Patrick, der sich einige Gedanken gemacht hatte.

«Noch einen Moment, Little Bull.»

Little Bull drehte sich zu ihm um. «Warum Moment? Jetzt!»

«Okay, also sagen wir mal, wir erwecken vierzig Indianer zum Leben. Und weiter? Ich meine, was machen wir dann? Denn ihr könnt ja nicht auf der Stelle zurückgehen und anfangen, die Franzosen zu bekämpfen.»

«Ich auf der Stelle zurückgehen. Warum nicht?»

«Weil du noch nicht wieder richtig auf den Beinen bist. Nein, Little Bull. Das kannst du noch gar nicht wieder sein. Also haben wir dann noch vierzig Leute mehr am Hals. Die werden wir ernähren und betreuen müssen, bis du soweit bist. Das kann noch Tage brauchen – Wochen.»

«Wie lange Wochen? Ich jetzt stark!»

«Sieben Tage», sagte Patrick und hielt sieben Finger hoch. «Das ist eine Woche.»

Little Bull warf ihm einen finsteren Blick zu. «Nicht Woche. Nicht warten. Wenn ich bleiben hier, nicht helfen Stamm, sie machen neuen Häuptling.»

«Ich mach dir einen Vorschlag», sagte Patrick. Er griff in

seine Tasche. «Wir holen die Oberschwester zurück. Mal sehen, was sie sagt.»

«Obersch Wester?»

«Ja.» Patrick hielt ihm die respekteinflößende kleine Figur mit ihrer hohen Haube hin.

Little Bull verzog das Gesicht.

«Was nutzen weiße Frau mit Gesicht wie alter Biber?»

«Sie hat dir das Leben gerettet, also sei besser nicht unverschämt. Sie ist so was wie ein Doktor.»

Little Bull schaute sie schockiert an. «Keine Frau Doktor!» rief er aus.

«Doch, die hier ist einer. Sie hat dir letzte Nacht die Kugeln aus deinem Rücken geholt. Wenn sie sagt, du bist so weit geheilt, daß du kämpfen kannst, gut, dann fangen wir gleich an mit deiner Armee. Wenn nicht – dann warten wir.»

Und damit stellte er die Oberschwester in das Schränkchen.

Als er die Tür öffnete, stand sie blinzelnd im plötzlichen Sonnenlicht. Eine frischgestärkte Haube thronte auf ihrem Kopf.

«Ah-ha!» rief sie, als sie die Jungen erblickte. «Das hatte ich mir doch gedacht! Je mehr ich drüber nachdachte, desto sicherer war ich, daß ihr mich noch mal brauchen würdet. Also, wißt ihr, was ich da gemacht habe? Ich habe schnell ein paar Dinge in meine Kitteltasche gesteckt, für alle Fälle.»

Sie raffte ihren Rock und kletterte über den Rand des Schränkchens.

«Weise Voraussicht», sagte sie. «Das ist meine Devise.» Dann sah sie Little Bull mit verschränkten Armen vor sich stehen und stieß einen Schrei aus. Aber es war kein Schrei des Schreckens.

«Wieso um *Himmels Willen* liegen Sie nicht mehr im Bett? Wollen Sie sich umbringen?»

«Nicht mich umbringen», sagte Little Bull ruhig, «vielleicht dich umbringen.»

Sie ging auf ihn zu.

«Unsinn, guter Mann, Sie sprechen ja im Delirium, kein Wunder. Das ist vollkommen unerhört, vierundzwanzig Stunden nach einer – ähem – *großen* Operation stehen Sie hier auf beiden Beinen vor mir, statt flach auf dem Rücken zu liegen – ich meine, auf dem Bauch. Legen Sie sich *so-fort* hin!»

Zum Erstaunen der Jungen, nicht weniger zu seiner eigenen Überraschung, folgte Little Bull ihren Befehlen. Offensichtlich war es ihr gar nicht in den Sinn gekommen, daß er das etwa nicht tun würde. Er legte sich auf das Blätterlager, und sie kniete sich hin, um ihn zu untersuchen. Twin Stars eilte herbei, um ihr zu helfen. Gemeinsam nahmen sie die Wundtücher ab. Die Oberschwester sah sich die Wunden genau an.

«Nicht zu glauben», sagte sie. «Phantastisch! Würde ich das nicht mit eigenen Augen sehen, könnte ich es einfach nicht glauben. Ausgezeichnet. Wißt ihr», fuhr sie fort, während sie eine winzige Flasche und etwas Watte aus ihrer großen Kitteltasche holte, «das Problem ist, daß *wir* vollkommen unnatürlich und ungesund leben. Seht euch diesen Mann dagegen an. Seht nur! Vorzügliches Exemplar. Nicht ein Gramm Fett an ihm. Klare Augen, perfekte Zähne, Haut und Haar leuchten vor Gesundheit – prächtig! Und wenn doch etwas schiefgeht, dann greift sein großartiges, gut geöltes Abwehrsystem ein, und schwuppdiwupp ist er so gut wie geheilt.»

Sie reinigte die Wunden, nahm dann eine Spritze hervor und spritzte damit kurz gegen den Himmel.

«Nur um ganz sicherzugehen», sagte sie. «Hosen runter!»

Bevor Little Bull ihre Absichten überhaupt durchschauen konnte, hatte sie ihm schon die Lederhose runtergezogen und ihm die Spritze in den Hintern gerammt.

Little Bull hatte große Schmerzen ertragen, ohne mit der Wimper zu zucken. Aber diese Erniedrigung war zuviel. Er brüllte, als habe ihn ein Büffel mit den Hörnern aufgespießt.

«Was *stellt* der sich an. Da! Alles vorbei!» sagte die Oberschwester fröhlich, zog die Nadel wieder raus und wischte die Stelle flink mit Watte ab. «Nur im Falle einer Infektion, obwohl da eigentlich kaum Gefahr besteht. Er ist praktisch so gut wie neu. Was für eine Konstitution! Natürlich», fügte sie bescheiden hinzu, «hab ich auch keine schlechte Arbeit an ihm geleistet, wenn ich's selbst mal so sagen darf, obgleich man das eigentlich nicht sollte.»

«Glauben Sie, daß es ihm schon gut genug geht, um – na ja – um etwas ziemlich Anstrengendes zu machen?» fragte Omri.

«Versuch mal, ihn davon abzuhalten», sagte die Oberschwester. Sie stand auf und wischte die Erde von ihren Knien ab. «Wenn er auf meiner Station läge, würde ich persönlich sagen, noch ein oder zwei Tage Bettruhe. Aber ein Körper wie seiner weiß selbst am besten, was er sich zutrauen kann.»

«Könnte er, sagen wir, reiten?»

«Das hängt vom Pferd ab!» witzelte die Oberschwester und lachte dabei selbst ein kurzes Pferdelachen. «Also, ich muß los!»

Inzwischen hatte Little Bull sich aufgerappelt und knurrte sie nun an, zückte sein Messer und bedrohte sie damit. Aber die Oberschwester war davon überhaupt nicht beeindruckt und drohte mit dem Zeigefinger.

«Tssss, tsss, ungezogener Mann! So was würde es im St. Thomas nicht geben.» Sie drehte ihm ohne Bedenken den Rücken zu. Verblüfft ließ er das Messer sinken. «Erstaunlich, diese Primitiven», sagte sie zu Omri, als sie hinüber zur Rampe schritt. «Perfekte Kontrolle über den Körper, aber nicht die geringste Kontrolle über die Gefühle.»

Zurück im Schränkchen, streckte sie Omri die Hand hin und lachte wieder laut auf.

«Ach, ist das nicht albern von mir? Wie sollten wir uns schon die Hände schütteln? Oh, aber versuch es doch! Ich würde zu gern die Hand eines Riesen schütteln, auch wenn dies alles nur ein sehr überzeugender Traum ist.» Omri nahm ihre winzige Hand zwischen Zeigefinger und Daumen und schüttelte sie mit ernster Miene.

«Wiedersehen! Holt mich auf jeden Fall, wenn ihr mich in der Zukunft noch mal brauchen solltet!»

«Werden wir», sagte Omri und schloß die Tür.

Er drehte sich vom Schränkchen weg und sah, daß Little Bulls Augen auf ihn fixiert waren.

«Alte weiße Bärin sagen, ich gut», sagte er. «Jetzt Patrick, Omri, halten Wort.»

Die Jungen sahen einander an.

«Sicher», sagte Omri mit einem tiefen Atemzug. «Fangen wir an.»

Rothäute und Rotmäntel

Vierzig Indianer zum Leben zu erwecken klingt nach einem ganz schönen Unternehmen, aber es dauerte gar nicht so lange. Zuerst stellten sie nur ein paar ins Schränkchen, nur um sicherzugehen. Aber als das erste halbe Dutzend herausgeklettert und sofort von Little Bull begrüßt worden war, in einer fremden Sprache, die offenbar alle verstanden, zögerten Omri und Patrick es nicht weiter hinaus.

«Laß uns die Restlichen alle auf einmal reintun!» sagte Patrick aufgeregt, und dieses Mal hatte Omri keine Einwände.

Bald schon wimmelte es auf der Pflanzschale vor Kriegern, die umherliefen, sich auf Patricks Zaun setzten, Little Bulls Pony bewunderten, Twin Stars verstohlen anschauten und die Zeichnungen auf den Seiten des Tipis begutachteten. Einer oder zwei versuchten auch hineinzugehen, aber Little Bull versperrte ihnen den Weg. Darin saß nämlich Boone. Weil sie nicht wußten, wie die Indianer auf ihn reagieren würden, hatten sie beschlossen, ihn zu verstecken.

Die neuen Indianer beachteten die Jungen zuerst nicht weiter, ebensowenig wie alles andere, was für sie in der Entfernung lag. Alles auf der Pflanzschale entsprach im Verhältnis ihrer Größe. Und nach einiger Zeit setzten sie sich alle in Reihen und mit überkreuzten Beinen hin, um zu hören, was Little Bull ihnen zu sagen hatte.

Er zog das Streichholzschachtelbett vor den Eingang des Tipis und stellte sich oben drauf wie auf eine Plattform. Von dort aus hielt er ihnen in gebieterischem Ton eine Ansprache, die einige Minuten dauerte.

Omri und Patrick hielten sich im Hintergrund im Schatten der Büsche.

«Das war eine gute Idee, es nach draußen zu verlegen», flüsterte Patrick. «Wirkt natürlicher so, wenn da nicht riesige Möbelstücke rumstehen und anderes Zeug, das sie beunruhigen könnte.»

Omri reagierte nicht auf das Lob für seine Idee. Wären sie drinnen geblieben, würde Boones Pferd jetzt noch am Leben sein.

Sie beobachteten die Szene. Nach einer Weile hörte Little Bull auf zu reden und winkte die Jungen mit einer herrischen Handbewegung heran, woraufhin sie auf den Knien näher krochen, bis sie sich über die Pflanzschale beugen konnten. Little Bull deutete mit einer dramatischen Geste auf sie, und all die kleinen Indianer drehten sich um, um sie zu sehen.

Ihre Reaktion war seltsam. Einige stießen gedämpfte Schreie aus; einer oder zwei sprangen auf, setzten sich dann aber schnell wieder, nachdem sie Little Bull einen Blick zugeworfen hatten und kein Zeichen von Angst an ihm sahen. Offenbar hatte er ihnen eine Erklärung für die Gegenwart von Riesen in ihrer Mitte gegeben, die sie ohne weiteres akzeptieren konnten. Ohne Zweifel die Sache mit den «Großen Geistern». Omri konnte sich ein Lächeln nicht verkneifen, weil Little Bull so stolz darauf war, über derartige Wesen zu gebieten. Das verlieh ihm offensichtlich großes Ansehen in den Augen dieser Stammesmitglieder, an deren Spitze er in den Kampf ziehen wollte.

Nach einigen weiteren Worten an seine Leute wandte sich Little Bull den Jungen zu.

«Machen Jetzt-Gewehre», befahl er.

Sie blieben unentschlossen dort knien. Omri hatte der Idee, Indianer mit Maschinenpistolen, Handgranaten und Artillerie Amok laufen zu lassen, von Anfang an nichts abgewinnen können. Was da alles passieren könnte, vor allem wenn sie sich in einen kriegerischen Rausch hineinsteigerten. Aber Little Bull bedachte sie mit einem schrecklich finsteren Blick für ihr Zögern.

«Machen Jetzt-Gewehre *jetzt*!» donnerte er. «Little Bull geben Kriegern sein Wort!»

«Ach du liebe Güte», sagte Patrick ironisch. «Das war dann wohl ein Befehl. Ich hol sie lieber gleich.»

Er sprang auf. Omri sagte: «Wenn du schon im Haus bist, frag doch meine Mutter nach was zu essen für uns. Für *sie*, du weißt schon.»

«Fällt dir sonst noch irgendwas ein?»

«Ja. Bring ein paar Pferde mit, damit Boone sich eins aussuchen kann.»

«Eins nach dem andern», sagte Patrick. «Boone sollte besser in seinem Versteck bleiben.» Und damit verschwand er durch die Büsche.

Während er weg war, fand Omri, es sei an der Zeit, ein ernstes Wort mit Little Bull zu reden.

«Diese Jetzt-Gewehre, wie du sie nennst, sind sehr, sehr gefährlich. Und kompliziert sind sie auch. Die kann man ohne ein spezielles Training gar nicht bedienen.»

Little Bull verzog verächtlich den Mund.

«Ich sehen, was Soldat tun. Zielen Gewehr. Ziehen Abzug,

wie Gewehr Franzosen und Engländer-Soldaten benutzen, wenn kämpfen gegen Indianer. Aber töten mehr! Erschießen viele, viele!» Little Bull machte ein Geräusch wie das Knattern einer Maschinenpistole.

«Aber die größeren Waffen...»

«Omri zeigen, wie!»

«Du glaubst doch nicht etwa, daß *ich* das weiß, oder? Du selber erinnerst mich doch schließlich immer wieder dran, daß ich nur ein Junge bin.»

Little Bull runzelte die Stirn. Die vor ihm aufgereiht sitzenden Indianer schienen seine Zweifel zu spüren und begannen untereinander zu tuscheln. Little Bull hob die Hand, um sie zum Schweigen zu bringen.

«Omri tun Jetzt-Soldaten in Kiste. Der zeigen.»

Omri überlegte. Es gab in der Tat keine andere Lösung, als die modernen Soldaten zum Leben zu erwecken, wenn auch nur für ganz kurze Zeit, denn ihre Plastikfiguren waren schließlich mit den Waffen verbunden. Omri hatte vorgehabt, es so zu machen, wie sie es schon einmal vorher gemacht hatten, als er Pfeil und Bogen für Little Bull besorgen wollte. Er hatte einen alten Indianer zum Leben erweckt und ihm seine Waffen abgenommen, mit der Absicht, ihn sofort wieder in Plastik zurückzuverwandeln. Doch er hatte auf der Stelle einen Herzinfarkt bekommen und war tot umgefallen. Omri glaubte, so ein Artilleriesergeant würde wohl härter gesotten sein. Vielleicht wäre es einen Versuch wert.

«Und wie wär's mit diesen hier?» fragte er und hielt einen Soldaten aus der Zeit von Georg dem Dritten hoch (Georg der Dritte, der nach einem Vers, den Omri mal irgendwo gelesen hatte, «niemals hätte weilen sollen in unserer Mitte»).

«Versuchen», sagte Little Bull.

Obwohl er ein etwas schlechtes Gewissen hatte, es in Patricks Abwesenheit zu tun, stellte Omri die fünf scharlachrot gekleideten Soldaten in das Schränkchen. Sofort kündigte das Schmettern von Metall auf Metall an, daß die Soldaten und ihr berittener Offizier bereit waren herauszukommen.

«Little Bull, du solltest besser zuerst reingehen und mit ihnen reden. Dann kannst du gleich entscheiden, ob du sie willst oder nicht.»

«Gut!»

Omri öffnete die Tür einen Spalt, und Little Bull schlüpfte über den Rand der Pflanzschale hinweg direkt ins Schränkchen. Omri preßte sein Ohr oben gegen die Öffnung, um mitzuhören.

Little Bull fing sogleich an, in gebrochenem Englisch einen Redeschwall auf den britischen Offizier loszulassen. Omri hörte das Wort «Franzosen» und das Wort «töten», doch viel mehr konnte er nicht mitkriegen. Denn schon schnitt das schrille Bellen einer englischen Stimme Little Bull das Wort ab.

«Für wen halten Sie sich? Es zu wagen, einem Offizier des 20. Amerikanischen Regimentes Seiner Majestät Befehle zu erteilen, Sie dreckiger Wilder!»

Hierauf folgte eine tödliche Stille. Dann schrie Little Bull:

«Ich kein Wilder! Ich Irokesen-Häuptling! Irokesen kämpfen an Seite von Engländer-Soldaten! Engländer froh, haben Indianer Hilfe, Krieger vergießen Blut in Engländer-Schlacht. Nun ich bitten Hilfe von Engländer! Warum Rotmantel beleidigen Irokesen-Häuptling?»

Nach einer kurzen Pause sagte die englische Stimme mit

eisiger Verachtung: «Unverschämter Flegel! Töten Sie ihn, Smithers.»

Omri legte die Hand auf die Tür, um sie zuzuschlagen, doch da sprach noch eine andere Stimme.

«Ist das klug, Sir? Immerhin haben sie uns in der Vergangenheit sehr genützt.»

«Von denen gibt's noch reichlich, da wo der herkommt.»

«Aber wenn er ein Häuptling ist, Sir, ... könnte uns das in Schwierigkeiten bringen.»

«Aber sicher, Smithers, wenn Sie so zartbesaitet sind, werde ich es halt selber erledigen! Hierher! Komm zurück, du Rüpel!»

Aber es war zu spät. Little Bull war schon längst leise über den Unterrand des Schränkchens herausgeschlüpft und warf sich nun gegen die Tür. Omri unterstützte ihn nur allzu gern dabei. Im Handumdrehen waren die arroganten britischen Rotmäntel wieder auf ihre Plastikform geschrumpft.

Little Bulls Augen waren zornige Schlitze, er bedachte Omri mit einem vorwurfsvollen Blick. Omri kam es so vor, als wollte er ihm schon deshalb für den Vorfall die Schuld geben, weil er auch ein Engländer war.

«Die sind bestimmt nicht alle so», murmelte er.

«Manche Engländer nicht besser als Franzosen.» Das war alles, was Little Bull dazu zu sagen hatte. «Krieger kämpfen allein.»

Gerade in dem Moment kam Patrick wieder durch die Rhododendronbüsche gestürmt. Er hatte ein Tablett in der Hand, auf dem er zwei Gläser Milch, zwei Päckchen gesalzene Erdnüsse und ein paar rote Äpfel balancierte. Außerdem noch eine Papiertüte mit den Jetzt-Soldaten darin. Omri konnte nur hoffen, daß diese sich so anständig benehmen würden, daß sie Little Bulls schlechten Eindruck von der britischen Armee wieder verbessern könnten.

Es gab eine angenehme Ruhepause, während sie die Indianer mit Essen versorgten. Sie zerkleinerten einige der Nüsse zwischen zwei mehr oder weniger sauberen Steinen und servierten die Stückchen auf Tellern, die sie aus den runden Blättern der Kapuzinerkresse gemacht hatten. Patrick biß ein Stück aus einem der roten Äpfel heraus und zerteilte es, während Omri die Zahnpastaverschlüsse, die ehrfürchtig von Hand zu Hand die Reihen von sitzenden Kriegern entlanggereicht wurden, wieder und wieder auffüllte. Alle zusammen tranken die winzigen Indianer fast ein halbes Glas Milch.

Boone, der bisher nur verstohlen hinter der Klappe des Tipis hervorgeguckt hatte, ließ ihnen durch Twin Stars eine persönliche Nachricht zukommen. Er schlug vor, etwas von dem «Hochprozentigen» in die Milch zu schütten, «um Feuer in Bauch zu zünden», wie Twin Stars ernsthaft erklärte. Boone war offensichtlich der Meinung, daß es nicht schaden könnte, wenn diese Indianer ein bißchen durchdrehen würden. Aber Omri und Patrick hielten es für besser, daß alle einen klaren Kopf behielten.

Dann war es an der Zeit, die modernen Soldaten noch einmal zum Leben zu erwecken und zu gucken, was sie an Gewehren besorgen könnten.

Nach einer kurzen Absprache mit Little Bull fingen sie mit einem massigen Corporal der Königlichen Marine an, der hinter seinem Maschinengewehr kniete. Er war es gewesen, der Omri in einen Kugelhagel getaucht hatte, und deshalb verspürte Omri eine etwas gemischte Zuneigung für ihn.

«Wir können es nicht riskieren, Little Bull wieder vorzuschicken», sagte Omri. Er hatte Patrick erzählt, was bei der Begegnung mit den Soldaten aus dem achtzehnten Jahrhundert vorgefallen war. «Ein moderner Soldat würde auf einen Indianer sicherlich genauso ungläubig reagieren wie darauf, plötzlich in einen Winzling verwandelt zu sein.»

«Wir können nur hoffen, daß er es irgendwie verkraften wird. Schließlich hat er uns schon mal gesehen. Der erste Schock ist also vorüber. Na los jetzt. Bringt ja nichts, es noch weiter vor uns herzuschieben.»

Patrick stellte den Corporal in das Schränkchen.

Corporal Pickits

«Wir müssen sehr aufpassen. Als ich das das letzte Mal gemacht hab, fingen sie alle an, wie wild zu schießen, als ich bloß die Tür aufmachte.»

Also öffneten sie die Tür zuerst nur einen ganz kleinen Spalt, und Omri sprach hindurch: «Nicht schießen! Wir wollen mit Ihnen reden.»

Zur Antwort hörte er einen sehr schmutzigen Soldatenfluch und dann: «... jetzt is schon wieder 'ne Schraube bei mir lokker!»

«Schießen Sie bitte nicht! In Ordnung?» Und Omri schwang langsam die Schränkchentür auf.

Der Corporal war aufgestanden. Er schaute um sich. Das Maschinengewehr glänzte in der Sonne, gut geölt und kampfbereit.

«Verdammt noch mal, jetzt bin ich mit einmal draußen! Was zur Hölle geht hier vor?»

Omri legte los mit seiner Erklärung.

«Sicherlich muß es Ihnen im Moment unglaublich vorkommen, aber Tatsache ist, daß Sie momentan klein sind. Sie können später Ihren Enkeln davon erzählen... Und es wird sogar noch interessanter werden. Worum wir Sie bitten möchten, ist, daß Sie ein paar Freunden von uns, die Ihre Größe haben, erklären, wie man Ihr Maschinengewehr benutzt.»

«Und wen wollen die erschießen, wenn es keine unverschämte Antwort ist?»

«Also, wissen Sie...» Aber es war einfach zu kompliziert. Omri sah hilflos zu Patrick hinüber.

«Und Sie, wen erschießen *Sie* denn damit?» sprang Patrick schnell ein.

Der Mann lachte bellend. «Die Feinde der Königin und sonst jeden, der die Königliche Marine schräg anguckt.»

«Und sind Sie also ein Waffenexperte – ich meine, für alle Arten von Waffen?»

«Könnt man wohl so sagen. Wir sind ausgebildet, mit allem umzugehen. Und mit jedem.»

Die Jungen warfen einander einen raschen Blick zu. Das paßte genau in ihre Pläne.

«Na dann», sagte Patrick forsch. «Hier haben Sie Gelegenheit, es zu beweisen. Ich werde Sie und Ihr Maschinengewehr vor einen ganzen Trupp Männer stellen. Und Sie werden demonstrieren, wie die Waffe funktioniert. Sie werden es einmal durchgehen und es dann einige von ihnen versuchen lassen. Aber seien Sie vorsichtig, wir wollen keine Verletzten. Das hier ist nur eine Übung.»

Das Gesicht des Corporals war starr geworden, und er stand stramm, während Patrick sprach. Dann salutierte er zackig.

«Sir!»

«Wie ist Ihr Name, Corporal?»

«Pickits, Sir, Corporal der Königlichen Marine, Willy Pickits.»

«Wieviel Munition haben Sie, Corporal?»

«Dreihundert Runden, Sir.»

«Verschwenden Sie keine.»

«Sir!»

«Und nun erschrecken Sie nicht, wenn ich Sie hochhebe.»

Der Adamsapfel des Corporals hüpfte, als er schluckte, doch sein Gesichtsausdruck änderte sich nicht.

«Sir!»

Patrick trug den Mann, der so steif war wie ein Bleistift, zwischen Daumen und Zeigefinger und setzte ihn, immer noch in strammer Haltung, auf die Plattform. Als sie ihn erblickten, machte sich ein Gemurmel von erstauntem Interesse unter den Indianern breit. Die meisten sprangen sogar auf. Der Corporal ließ seinen Blick einmal rasch über die Menge halbnackter Indianer schweifen. Sein Adamsapfel vollführte ein Tänzchen in seiner Kehle, und seine Augen traten hervor. Dann kehrte der starre Gesichtsausdruck zurück.

In der Zwischenzeit hatte Omri vorsichtig das Maschinengewehr aus dem Schränkchen genommen und stellte es nun neben ihm auf. Die Nähe seiner Waffe schien den Corporal wieder zu beruhigen.

«Fangen Sie an, Corporal!» sagte Patrick, der fand, daß es Spaß machte, Befehle zu geben, die sofort befolgt wurden.

«Zuhörn, Männer!» bellte Pickits. «Paßt auf! Ich werd euch also jetzt die Wirkungsweise dieser Waffe hier demonstrieren, ein Wunder der militärischen Wissenschaft. Erst werd ich sie auseinandernehmen und denn wieder zusammensetzen.»

«Sparen Sie sich das, Corporal», unterbrach ihn Patrick. «Zeigen Sie ihnen einfach, wie man damit schießt.»

Der Corporal änderte sofort seine Taktik.

«Erst werd ich demonstrieren, wie man sie abfeuert.» Er

ließ sich aufs Knie fallen, zielte über die Köpfe der Menge hinweg und feuerte eine kurze, aber laute Ladung ab. Kugeln pfiffen durch die Luft und brachten die Rhododendronblätter in Aufruhr.

Die Indianer sahen es sich gelassen an. Sie schienen nicht zu begreifen, was da passiert war. Doch Little Bull sprang auf neben Pickits und rief etwas. Er mußte ihnen erklärt haben, daß jeder Knall eine Kugel darstellte oder, mit etwas Glück, einen toten Feind. Hierauf sprangen die Indianer auf, brachen in aufgeregtes Geschrei aus und drängten auf die Plattform zu. Fast auf der Stelle brach ein Streit aus zwischen denen, die es als erste probieren wollten, das Gewehr abzufeuern. Corporal Pickits sah sich das Gedränge mißmutig an.

«Sie sollten den Kerlen hier besser ein paar Befehle geben, Sir!» rief er Patrick über den Tumult hinweg zu. «Wenn das so weitergeht, wird es nichts, Sir!»

«Es ist Ihr Gewehr, Corporal. *Sie* geben die Befehle!»

«*Ich*, Sir? Gibt es denn hier keinen Officer, Sir? Oder wenigstens einen Sergeant?»

Das Geschubse vor der Plattform wurde wilder. Ein kräftiger Indianer hatte schon zwei andere umgehauen und war nun dabei, auf die Plattform zu klettern.

«Sie haben das Kommando, Corporal! Los schon, sagen Sie denen, daß sie sich benehmen sollen. Sie werden auf Sie hören!»

Nach einem Augenblick der Verblüffung sah Pickits, daß der Indianer sein Gewehr zwischen die Finger gekriegt hatte und den Lauf wild in alle Richtungen schwenkte. Das ließ ihn zur Tat schreiten.

«HÄNDE WEG VON DEM GEWEHR!» brüllte er. Seine

Stimme war nicht die eines Corporals, sondern die eines Sergeantmajors. In Sekunden verstummte die schreiende Indianertruppe. Selbst Little Bull schien beeindruckt zu sein. Der Indianer am Gewehr wußte kaum, wie ihm geschah, als er an den Haaren (dem einzigen, was Pickits zu fassen bekam) hochgerissen und von der Plattform geschmissen wurde.

«Also denn, ihr Pack von fürchterlichen Winzlingen!» schnauzte Pickits. «Ihr faßt die Waffe hier an, wenn ich sage, daß ihr es sollt, und nicht VORHER. KAPIERT? Sonst werdet ihr euch noch wünschen, daß eure Mütter eure Väter nie getroffen hätten. IST DAS KLAR?»

Es folgte eine tiefe Stille. Selbst die Vögel in den Büschen schienen betroffen zu sein.

«Wow», flüsterte Patrick. «Der hat's ihnen verklickert.»

Corporal Pickits stellte sich als Geschenk des Himmels heraus. Er wußte alles über Militärmaschinerie, nicht bloß über Maschinengewehre. Genauso flink wie Omri die Soldaten ins Schränkchen steckte, aus ihren Plastikwaffen echte machte und diese dann ihren Besitzern abnahm und auf die Streichholzschachtelplattform legte, brachte Pickits seinen nun gehorsamen Schülern bei, wie man sie benutzte. Innerhalb kurzer Zeit hatten sie zwei Feldgeschütze, zehn Handgranaten, drei Panzerfäuste, zwei weitere Maschinengewehre und einen kleinen Haufen automatischer Gewehre. Diese schienen den Indianern am besten zu gefallen. Als sie herausbekamen, daß sie sie im Laufen feuern konnten, brauchte es Corporal Pickits' geballte Autorität, um sie in Schach zu halten. Trotzdem war es ein Wunder, daß während des Trainings niemand verletzt wurde. Die Jungen stellten abgezogene Zweige und runde Stücke zurechtgestutzter Rinde als Zielscheiben auf. Aber weil es nur eine begrenzte Menge Munition gab, hatte jeder Indianer nur fünf Übungsdurchgänge.

Pickits war es nicht ganz geheuer, die Indianer an die größeren Waffen zu lassen.

«Die Handhabung von Artillerie lernt man nicht von einem Tag auf den andern, Sir. Jeder Schwachkopf kann mit Handfeuerwaffen rumknallen, Sir, oder eine Granate schmeißen. Aber wenn Sie auf meinen Rat hörn wollen, lassen Sie die Artillerieteile da raus. Dafür brauchen Sie nämlich eine ordentlich ausgebildete Truppe, Sir. Nicht solche Chaoten wie diesen Haufen hier, Sir.»

«Wenn das Ihr Rat ist, Corporal, dann werden wir ihn natürlich befolgen», sagte Patrick.

Corporal Pickits verzog keine Miene, doch es schien so, als würde er in seiner Uniform anschwellen wie ein kleiner Täuberich.

«Schöndanksir!» sagte er, indem er alles zu einem Wort zusammenzog.

Little Bull wurde langsam ungeduldig.

«Krieger können schießen Jetzt-Gewehre», drängte er. «Jetzt sein Zeit, zurückgehen!»

Omri merkte, wie sehr er diesen Augenblick insgeheim gefürchtet hatte. Da sollte sein Indianer – noch nicht mal ganz geheilt, auch wenn andere das Gegenteil behaupteten – mitten in eine Situation gestürzt werden, in der es um Leben und Tod ging.

Doch er wußte, es gab keinen Ausweg. Allerdings hieß das nicht, daß auch Twin Stars sich der Gefahr aussetzen mußte.

«Kannst du Twin Stars hierlassen?» fragte Omri.

«Ja», sagte Little Bull. «Frau hierlassen. Omri kümmern um sie. Bringen alte weiße Bärin, wenn Zeit von Little Bull Sohn kommen. Aber nicht lassen stechen mit Kralle in Hinterseite!»

Einen Augenblick lang sahen Omri und der Indianer einander an.

«Viel Glück», sagte Omri.

«Brauchen Hilfe von Große Geister. Dann kämpfen gut, siegen über Franzosen und Algonquin-Feind.»

«Waren die Algonquins am Überfall auf euer Dorf beteiligt?»

«Algonquins führen. Franzosen folgen. Jetzt gehen zurück. Nehmen Rache.»

«Ich wünschte, ich könnte dabeisein», sagte Omri.

«Und ich erst», fügte Patrick hinzu.

Es dauerte eine Weile, den inzwischen bis an die Zähne bewaffneten Indianertrupp zu versammeln und auf die Rückkehr vorzubereiten. Twin Stars bat Omri, ihr ein paar Blumen zu bringen, die sie in ihren Händen zu einem farbigen Brei zerrieb, mit dem sie Little Bull Streifen aufs Gesicht schmierte. Andere dekorierten sich mit schlammigen Mixturen und Farben, die sie mitgebracht hatten.

Jedesmal wenn ein Vogel über sie hinwegflog, sahen sie alle ängstlich auf. Omri dachte, sie fürchteten, der Vogel könnte sie angreifen (wie er das ja hätte tun können, wären die Jungen nicht dagewesen), doch Little Bull sagte, nachdem wieder ein Vogel vorübergeflattert war:

«Schatten fallen auf Krieger vor Schlacht – schlechtes Omen.»

Die letzten Indianer verließen nun Twin Stars' Teich, nachdem sie sich Muster aus Lehm und Schlamm auf die Oberkörper geschmiert hatten. Omri schaute auf das Wasser in dem Kaffeeglasdeckel, das nun trübe war. Es hatte einen rötlichen Schimmer, da wo das Licht der untergehenden Sonne sich spiegelte. Er drehte sich weg und war froh, daß er nicht an böse Vorzeichen glaubte.

Noch ein Zauber

Corporal Pickits marschierte seinen Truppen voran in das Schränkchen und ließ sie sich auf dessen Boden in zwei Reihen aufstellen. Die Maschinengewehre wurden hineingehoben. Pickits salutierte vor Patrick. «Auszubildende in Reih und Glied aufgestellt und kampfbereit, Sir!»

«Danke, Corporal. Sie haben gute Arbeit geleistet.»

«Danke Sir.»

«Sie werden jetzt dahin zurückkehren, wo Sie hergekommen sind, Pickits. Vergessen Sie nicht, was das für ein Gefühl ist, Befehle zu geben. Sie werden im Nu Sergeant sein.»

Pickits erlaubte sich ein Grinsen. «Jasir. Dankesir.»

Omri sagte Little Bull, er solle jeden seiner Männer anweisen, eine Hand auf die Schulter des Mannes neben oder vor ihm zu legen, so daß die ganze Gruppe körperlich verbunden war. «Und sie müssen alle mit dir verbunden sein, Little Bull, damit du sie mit dir zurücknimmst.»

Little Bull war auf der Koppel, um sein Pony einzufangen. Er mußte Twin Stars rufen, damit sie ihm hochhalf. Er beugte sich vor und legte seine Hand auf ihr schwarzes Haar. Sie blickte zu ihm auf, sie war den Tränen nahe. Sie schien ihn um etwas zu bitten, doch er schüttelte den Kopf. Plötzlich reichte sie hinauf, ergriff seine Hand und preßte sie an ihre Wange. Dann drehte sie sich um und rannte ins Tipi.

Als sie gerade darin verschwand, erschien Boones Gesicht an der Eingangsklappe.

«Hey! Psst! Indianer!»

Little Bull, der schon auf die Rampe zuritt, sah sich noch mal zu ihm um.

«Mach den Franzmännern die Hölle heiß!»

«Ich machen heiß.»

Er winkte den Jungen zu, ritt die Rampe hinunter, hielt die Zügel auf Brusthöhe und galoppierte ins Schränkchen hinein. Sein Pony sprang über den unteren Rand hinweg, drehte jählings ab, um den aufgereihten Indianern auszuweichen, und kam zum Stehen. Little Bull schrie einen Befehl. Alle Indianer legten einander die Hände auf die Schultern. Der Krieger, der ihm am nächsten stand, legte seine auf das Hinterteil des Ponys.

«Omri schließen Tür, schicken los!» befahl Little Bull. Es stand ihm in sein strenges Gesicht geschrieben, daß er vor Ungeduld brannte.

Omri ließ sich noch eine Sekunde Zeit, um seinen Blick über die Gruppe schweifen zu lassen. Die bemalten Krieger in ihrer Doppelreihe sahen stolz, wild und kampfbereit aus. Offensichtlich erwarteten sie die kommende Schlacht ohne eine Spur von Angst. Die Waffen reflektierten das Sonnenlicht und glänzten, bereit, das zu tun, wofür sie gemacht worden waren. Einen Augenblick lang überkamen Omri schreckliche Zweifel. Es war so... so, als würde man den Tod in Stellung bringen. Warum sollte er helfen, Menschen zu töten? Doch jetzt war er längst in das ganze Drama verwickelt.

«Los jetzt!» drängte Patrick. «Schick sie los!»

«Warte – Pickits!» sagte Omri. Er nahm den kleinen Corporal, der neben dem Schränkchen strammstand, auf und stellte ihn als einzigen oben auf das Bord. Dann drückte er die Tür fest zu und drehte den Schlüssel im Schloß.

Einige Sekunden lang hielten sie den Atem an. Dann machte Omri die Tür auf. Seine Hand zitterte, und so wackelte das Schränkchen ein bißchen beim Öffnen. Zwei oder drei der Indianerfiguren, die nun wieder aus Plastik waren, fielen um. Wie Dominosteine riß jeder einen anderen mit um, bis fast alle kreuz und quer übereinander gefallen auf dem Boden des Schränkchens lagen. Nur Little Bull und Pickits und ein paar andere standen noch aufrecht.

Die Jungen starrten auf das Bild, das sich ihnen bot, und konnten ihre Bestürzung darüber nicht verbergen. Boone, der an den Rand der Pflanzschale gekrochen war und nun drüber hinweg schaute, gab ihren Gefühlen Ausdruck.

«Sieht wie ein Massaker aus, oder nich?»

«Sei nicht blöd, Boone!» Patrick schrie die Worte beinahe. «Sie sind jetzt bloß aus Plastik, und sie sind umgefallen, weil Omri das Schränkchen angestoßen hat.»

«Klar», sagte Boone hastig. «Klar, weiß ich doch! Ich wollt nur sagen...»

«Verkneif es dir!»

«Du bis doch nich abergläubisch, oder?»

«Natürlich nicht.»

Plötzlich überkam sie ein Gefühl großer Enttäuschung. Sie konnten nichts weiter tun, gar nichts. Es wurde langsam kühl. Sie saßen noch für ein Weilchen herum, aber das wurde bald unerträglich wegen der Gedanken, die sie sich machten.

«Laßt uns reingehen.»

Patrick nahm wieder das Schränkchen samt seinem Inhalt

und die Tüte voller unbewaffneter britischer Soldaten, und Omri trug die Pflanzschale.

Twin Stars und Boone zogen sich ins Tipi zurück. Nur für den Fall, daß sie auf dem Rückweg die Treppe hinauf jemandem begegneten. Zum Glück, denn als sie an Gillons Zimmer im ersten Stock vorbeischlichen, ging die Tür auf, und er kam heraus.

Omri und Patrick zuckten schuldbewußt zusammen. Sie konnten es nicht verhindern, es war wie ein Reflex.

«Was ist denn das ganze Zeug da?» fragte Gillon, nicht weil es ihn besonders interessierte, sondern einfach aus Neugier.

«Nur so 'n paar Sachen, mit denen wir rumgespielt haben», sagte Omri. Er versuchte, sich an ihm vorbeizudrücken, doch Gillon stand ihm im Weg.

«Oh, da ist ja dieses tolle kleine Haus, das du letztes Jahr gemacht hast», sagte Gillon. «Und das Tipi. Hab mich oft gefragt, was damit passiert ist. So eins hab ich noch nie im Laden gesehen...» Bevor sie es noch irgendwie verhindern konnten, hatte er das Tipi schon in die Hand genommen, um es näher anzugucken.

Es war einer der schlimmsten Augenblicke in Omris Leben. Er konnte nichts tun. Da hockten Twin Stars und Boone auf der Erde, bloßgelegt – entdeckt. Alles schien wie erstarrt. Weder Patrick noch Omri konnten sich rühren, und die kleinen Menschen saßen vollkommen bewegungslos da. Omris Blick war hilflos auf sie geheftet. Sie waren so offensichtlich lebendig – so verletzbar! Wie ein zum Tode Verurteilter darauf wartet, daß die Axt auf seinen Nacken niederfällt, wartete er darauf, daß Gillon die zwei bemerkte.

Aber Gillon hatte nur Augen für das Tipi in seinen Händen.

«Das ist wirklich ein Minimeisterwerk», sagte er. «Ich find die Malereien toll. Hat Dad sie gesehen?» Er sah noch genauer hin. «Dieser kleine Biber – und das Stachelschwein... Die sehen total *echt* aus, wie diese Höhlenmalereien, die wir uns in Frankreich angeguckt haben. Und wie genial die Stangen innen drin angebracht sind, wirklich, ein richtiges Kunstwerk.»

Damit stellte er es achtlos zurück auf die Erde, wobei er Boone fast geköpft hätte. Gillon schwang herum, stieg die Treppe hinunter und schmetterte dabei aus voller Kehle einen Popsong.

Patrick vollbrachte eine perfekte Nachahmung der Oberschwester, indem er eine Drehung auf dem Absatz machte und in einer Scheinohnmacht auf den Treppenabsatz fiel. Da lag er mit dem Schränkchen auf dem Bauch und einem Schielen in weit aufgerissenen Augen. Nach einem Moment setzte er sich auf.

«Verdammt, das war knapp!»

Omri stand noch immer wie angewurzelt da. Boone lag auf dem Rücken, halb im Tipi und halb davor. Seine Augen sahen auch so aus, als würden sie schielen – aber tatsächlich. Nicht aus Spaß. Nach ein paar Augenblicken wurschtelte er sich ganz aus dem Tipi heraus, stand auf und wischte sich den Schweiß von der Stirn.

«Jesusmaria, Kleiner», beklagte er sich, «mußte einen armen Kerl so erschrecken? *Un* die kleine Lady... Das is nich richtig in dem Zustand, in dem sie is, sie so zu erschrecken. Das könnt Folgen haben.»

Omri senkte den Kopf und flüsterte durch die Klappe. «Bist du in Ordnung, Twin Stars?»

Er bekam keine Antwort. Behutsam hob Omri das Tipi noch einmal hoch. Twin Stars saß ganz still da, ihren Kopf auf die Knie gestützt.

«Twin Stars? Antworte mir!»

Patrick war aufgestanden und lugte nun ängstlich über Omris Schulter.

«Was ist los?»

«Ich weiß nicht. Gehen wir rauf in mein Zimmer.»

Sie gingen hinauf. Omri trug die Pflanzschale unendlich vorsichtig. Endlich in seinem Zimmer, schlossen sie die Tür ab, stellten die Pflanzschale und das Schränkchen auf Omris Schreibtisch und knipsten die Lampe an.

Twin Stars stand auf. Ihr Gesicht hatte unter dem Braun einen grauen Schimmer.

«Sohn jetzt kommen», sagte sie deutlich.

«Wußt ich's doch! I knew it», sagte Boone. «Holt die alte Fledermaus mit dem weißen Kopfschmuck wieder her.»

«Twin Stars brauchen niemand. Brauchen Wasser. Messer. Omri bringen, dann weggehen.» Sie machte ihm ein Zeichen, daß er das Tipi herunterlassen sollte, um sie zu verbergen.

«Bist du sicher, Twin Stars? Little Bull hat gesagt...»

«Little Bull fort kämpfen. Twin Stars machen Sohn. Los.»

Obwohl er sich dabei sehr unbehaglich fühlte, gehorchte ihr Omri. Er holte etwas abgekochtes Wasser, säuberte den Teich und füllte ihn wieder auf. Boone trug einen Eimer Wasser zur Eingangsklappe des Tipis und legte sein Taschenmesser daneben. «Das braucht sie, um die Schnur durchzutrennen, wißt ihr», vertraute er ihnen an. «Tiere beißen sie durch, aber die Indianer sin wohl schon 'n bißchen weiter.»

Nach kurzer Zeit steckte Twin Stars ihre Hand durch die

Klappe heraus und hob den Eimer hinein und dann das Messer. Dann schnürte sie die Klappe fest zu, und alles war still.

Offensichtlich blieb ihnen nichts anderes übrig, als zu warten. Omri wußte, daß zumindest bei weißen Frauen die Geburt des ersten Babys oft lange dauerte. Seine Mutter hatte erzählt, daß sie einen halben Tag dazu gebraucht hatte, Adiel auf die Welt zu bringen. Vielleicht war das bei Indianern anders.

Patrick war unruhig.

«Wenn ihr was zustößt, wird Little Bull uns das nie verzeihen! Ich wünschte, er hätte sie mit zurückgenommen. Sollten wir nicht doch die Oberschwester holen?»

«Twin Stars hat nein gesagt. Die Oberschwester kommandiert schrecklich gern rum. Vielleicht würde sie das nur aus der Ruhe bringen.»

«Also ich glaube, sie wäre in ihrem eigenen Dorf viel besser aufgehoben.»

«Ich *wünschte*, ich wüßte, was da vor sich geht, zurück im Dorf!» platzte Omri los.

«Ja! Wenn *wir* nur irgendwie dorthin könnten.»

Alle drei saßen sie herum, die Jungen auf Stühlen, Boone auf dem «Sofa» aus Rhododendronblättern, auf dem Little Bull gesessen hatte. Hin und wieder erhob sich Boone und ging vor dem Tipi auf und ab. Wieder und wieder biß er Stücke von einem Tabakblock ab, kaute darauf herum und spuckte sie dann aus. Er war offensichtlich sehr aufgeregt. Schließlich blieb er stehen.

«Ich hätt mit ihnen gehn solln, I should have», sagte er. «Ich wußte es doch, daß ich hätt gehn solln.»

«Das wäre der helle Wahnsinn gewesen, Boone», sagte

Patrick. «Irgendwer hätte dich erschossen, nur weil du anders aussiehst, und dann bist du auch noch weiß.»

«Vielleicht hätt ich im Tipi bleiben sollen, um die Franzmänner von da abzuknallen. Ich hätt *irgendwas* tun müssn. Der Indianer is mein Blutsbruder, my bloodbrother. Seine Schlacht sollt auch meine sein!»

«Wir brauchen dich hier, Boone.»

«Wofür? Hier kann ich nich helfen.»

«Doch», sagte Omri, «du kannst mit dem Baby helfen.»

Boone hörte auf, hin- und herzugehen.

«Wer, *ich*? Für was hältste mich? Babys sin Frauensache!»

Gerade in diesem Augenblick hörten sie ein leises Wimmern aus dem Tipi. Es war kein Babywimmern. Blitzschnell hockte Boone vor der Klappe.

«Laß mich rein, Lady, du kannst doch nich allein sein da drin. Ich helf dir! Hab ein Dutzend Kälber auf die Welt gebracht un einmal auch ein Fohlen, die sin viel größer als so 'n Baby. I know what to do! Ich kenn mich aus.»

Nach einem kurzen Zögern bewegte sich die Zeltklappe leicht. Boone warf den Jungen über die Schulter hinweg ein ziemlich wackliges Grinsen zu.

«Seht ihr? Sie traut mir», sagte er. «Macht euch keine Sorgen. Little Bull wird froh sein, dasser mich zu seinem Bruder gemacht hat. Wartet nur ab!» Die Klappe wurde losgeschnürt, und Boone begann hineinzukriechen. Kurz bevor er verschwand, drehte er sich noch mal um.

«Ich hab mir gedacht», sagte er, «wenn ihr wirklich zurückgehen wollt, um die Schlacht anzugucken...»

Die Jungen sahen einander an und beugten sich dann ungläubig vor, um ihm zuzuhören.

«Well, was ich mich frag, is … musses denn unbedingt das Schränkchen sein? Vielleicht liegt es gar nich so sehr am Schränkchen, sondern an dem verrückten Schlüssel. Habt ihr den Schlüssel schon mal in was Größrem probiert? Something bigger? Wie die riesengroße Kiste, zum Beispiel, auf der wir vorher alle drauf warn.»

Noch ein leises Wimmern, eher schon ein Keuchen, kam aus dem Tipi.

«So long, boys. Bis dann. Wünscht uns Glück!» sagte Boone und kroch ganz hinein. Er ließ die beiden Jungen in totaler Aufregung zurück, denn diese neue unglaubliche Idee eröffnete ungeahnte Möglichkeiten.

Die Macht des Schlüssels

«Würde das funktionieren?» fragte Patrick.

«Wie soll ich das denn wissen?» antwortete Omri. «Hab ich noch nie drüber nachgedacht.»

«Wir haben uns nie überlegt, ob das Schränkchen was damit zu tun hat, daß es passiert. Vielleicht hat er recht. Vielleicht ist das Schränkchen bloß ein Schränkchen, und die Zauberkraft steckt im Schlüssel.»

Sofort drehten sie sich beide um und untersuchten die Truhe.

Auf dem Deckel lagen noch Kleenexfetzen, Schachteln und andere Dinge verstreut. Omri fegte all das herunter. Dann öffnete er sie. Sie war vollgestopft mit seinem Krimskrams.

«Sie ist nicht mal groß genug. Wir würden nicht auf einmal reinpassen.»

«Wir könnten sowieso nicht beide zusammen gehen, du Trottel», sagte Omri kühl.

«Warum nicht?» Dann begriff Patrick. Natürlich! Einer würde zurückbleiben müssen, sonst wäre ja niemand da, um den Schlüssel im Schloß zu drehen.

«Wer versucht's als erster?» fragte Patrick.

Omri schaute ihn an. «Ist das dein Ernst? Du willst es tatsächlich versuchen?»

«Aber sicher! Du etwa nicht?»

Omri schaute sich in seinem Zimmer um. Trotz mancher

Ärgernisse war er zufrieden damit. Auch mit seinem Leben. Er war nicht versessen darauf zu riskieren, das eine oder das andere zu verlieren.

«Ist dir klar, wie gefährlich das ist?»

«Feigling!»

«Nein, bin ich nicht. Du überstürzt es, wie immer. Denk mal einen Moment nach. Erstens, wenn es wirklich funktioniert, wie kannst du sicher sein, daß du in Little Bulls Zeit landen wirst, in seinem Dorf, und nicht irgendwo anders? Du könntest dich sonstwo wiederfinden. Und sonst*wann*.»

Patrick guckte störrisch. «Davon mal abgesehen, was ist mit der Größe?»

«Größe?»

«Ja. Wenn *sie* klein bei *uns* ankommen, würden wir auch klein bei ihnen ankommen. Oder nicht? Natürlich gab es damals kein Plastik. Wir würden in Puppen stecken oder – Totempfählen oder so. Ich finde es nicht feige, wenn man nicht in einem Indianerdorf vor zweihundert Jahren auf der Spitze eines Totempfahls aufwachen möchte.»

Als einzige Antwort auf Omris Einwände kniete sich Patrick neben die Truhe und fing an, sie leerzuräumen. «Hilf mir mal mit dem ganzen Müll hier» war alles, was er sagte.

Omri half wortlos, bis die Truhe leer war. Dann sagte er: «Und jetzt wird der Schlüssel wahrscheinlich nicht mal ins Schloß passen.» Sein Herz raste. Er wußte, daß er darauf hoffte.

Patrick stand auf und holte den Schlüssel. Ohne den Deckel der Truhe zu schließen, steckte er ihn ins Schloß und drehte ihn herum. Er drehte sich ganz mühelos. Das Schloß schnappte zu. Patrick zog den Schlüssel heraus und betrachtete ihn.

«Ich wette, dieser Schlüssel paßt so ziemlich in jedes Schloß», sagte er langsam.

Omri holte tief Luft. Wieder einmal war er in etwas verwikkelt, von dem er sich überwältigt fühlte.

«Wer wird zuerst gehen?»

«Ich», sagte Patrick ohne Zögern.

«Warte noch!»

«Was ist denn *jetzt* schon wieder?»

«Du mußt etwas bei dir haben, etwas, das Little Bull gehört. Sonst hast du nicht die geringste Chance, da zu enden, wohin du willst!»

Patrick dachte nach. «Was haben wir von ihm?»

«Das Langhaus.»

«Das bringt nichts. Das Langhaus wurde doch hier gemacht, er hat es nicht aus seiner Zeit mitgebracht.»

«Dann bleibt nur noch das Tipi.»

Sie blickten hinüber zu Omris Schreibtisch. Das winzige Tipi ragte aus der Pflanzschale hervor. Seine Stangen kamen oben heraus, da, wo die Zeltwände mit den schönen, ausdrucksvollen Tierdarstellungen spitz zuliefen.

«Das kam woanders her. Die Irokesen hatten keine Tipis. Sie hatten Langhäuser. Außerdem können wir das nicht wegnehmen. Twin Stars bringt doch dort ihr Baby zur Welt.»

Patrick sagte langsam: «Wenn ich *sie* mitnähme, könnte ich ganz sicher sein, am richtigen Ort zu landen. Sie würde mich dorthin mitnehmen.»

«Patrick, das geht nicht! Du willst sie doch nicht etwa während der Schlacht dorthin mit zurücknehmen?»

«Hör mal, es ist ihr Dorf, ihr Zuhause. Wenn du sie nicht aus Versehen grade in dem Augenblick, als du es getan hast, hierhergebracht hättest, wäre sie jetzt dort. Ich wette, dort wäre sie lieber, wenn es nach ihr ginge. Hast du nicht gesehen, wie sie Little Bull angefleht hat, bevor er zurückging?»

«Aber er wollte...»

«Hör zu, halt die Klappe! Du mußt immer und immer widersprechen. Ich habe mich entschieden. Diese Chance lasse ich mir nicht entgehen. Ich will die Schlacht sehen. Laß uns lieber nicht drüber streiten, oder es gibt Verletzte. Und das wären vielleicht nicht wir beide.»

Er ging zum Schreibtisch, packte die Pflanzschale, brachte sie hinüber und stellte sie vorsichtig auf den Boden der Truhe. Mit einem ohnmächtigen Gefühl von Wut und Verzweiflung sah Omri zu. Er wollte mit Patrick kämpfen, aber das war jetzt unmöglich. Er hätte es früher tun sollen. Wenn sie sich jetzt prügeln würden, könnte Boone oder Twin Stars etwas Schreckliches zustoßen.

Seine Gedanken überschlugen sich. *Ich bin derjenige, der den Schlüssel hat*, dachte er. Es würde alles unter seiner Kontrolle bleiben. Er könnte sie für fünf Minuten zurückschicken oder für eine Minute oder noch weniger. Wenn er nur wieder den Schlüssel im Schloß umdrehte, könnte er sie zurückholen. So würde das funktionieren. Was könnte in so kurzer Zeit schon passieren? Er konnte nicht anders als Patricks Mut bewundern. Omri mußte sich eingestehen, daß er keineswegs bereit gewesen wäre, als erster zu gehen. Und das nicht bloß wegen Twin Stars.

Patrick kletterte in die Truhe und hockte sich hinein.

«Hier», sagte er und reichte Omri den Schlüssel. «Mach den Deckel zu, und schick mich los.»

«Leg einen Finger auf das Tipi», sagte Omri.

«Okay, ich hab's. Jetzt.» Patricks Stimme zitterte ein bißchen.

«Was ist mit Boone?»

«Er hat gesagt, er hat ein schlechtes Gewissen und will helfen. Schick uns schon los jetzt, bevor ich's mir anders überlege!»

Omri machte den Deckel zu, steckte den Schlüssel ins Schlüsselloch und schloß die Truhe ab.

Es war ein so simpler Vorgang. Was hatte er bewirkt?

Einen Moment später schloß er die Truhe wieder auf und öffnete sie mit eiskalten Händen. Er wußte nicht, was er zu erwarten hatte. Wenn Patrick nun verschwunden wäre?

Patrick lag in der Truhe. Zumindest war sein Körper da. Omri berührte ihn. Er fühlte sich kalt an.

«Patrick! *Patrick*!» Omri erwartete nicht wirklich eine Antwort. Patrick war so weit fort, wie man je sein kann, ohne gestorben zu sein.

Unten auf dem Boden der Truhe nahe bei Patricks Kopf stand die Pflanzschale. Patricks schlaffe Hand ruhte darauf. Alles andere darauf war wie vorher – das Stück Gras, das Langhaus, der Teich –, außer einer Kleinigkeit: Das Tipi war aus Plastik. Die Malereien darauf waren grob, Massenware; die Stangen waren rosa und aus einer Form mit dem Zelt gegossen. Sachte hob Omri es hoch. Was er darunter sah, versetzte ihm den bisher größten Schrecken.

Die Plastikfigur eines Indianermädchens lag da auf einem Haufen von Baumwollpolstern. Ein Cowboy kniete auf einem Bein neben ihr. In seinen Armen lag ein winziges nacktes Plastikbaby, winziger als Omris kleiner Fingernagel.

Omri schnappte nach Luft. Einem raschen Impuls folgend,

griff er hinein und hob die Pflanzschale und deren Inhalt aus der Truhe heraus. Dann knallte er den Deckel zu und drehte den Schlüssel im Schloß. Ungefähr eine halbe Minute war vergangen, seit er Patrick «losgeschickt» hatte. Sofort hörte er ihn im Innern rumoren und riß den Deckel auf.

Patrick hob den Kopf. Sein Gesicht war weiß, er sah benommen aus.

«Nicht!» stieß er hervor.

«Was ist passiert?» rief Omri.

«Ich war grade erst angekommen! Es ist wahnsinnig – hör zu –, ich war Teil des Tipis!»

«Wa-has!»

«Ich kann's nicht erklären! Ich war im Tipi – nicht drinnen – ich *war* das Tipi! Ich war auf der Außenseite – ich konnte alles sehen! Der Ort ist – er ist – ich hatte keine Zeit, mich richtig umzusehen, ich konnte nur... Schick mich zurück, ja? Schick mich *sofort* zurück!»

Er langte hoch nach dem Deckel und versuchte ihn herunterzuziehen. Aber Omri stemmte sich dagegen.

«Raus da. Ich bin dran», sagte er.

«Du wolltest ja nicht mal gehen!»

«Jetzt will ich es aber.» Omri konnte kaum sprechen vor Erregung. Er versuchte Patrick gewaltsam aus der Truhe zu zerren.

Patrick leistete Widerstand und schrie: «Laß mich! Hör doch. Ich habe ein Baby schreien hören im Tipi...»

«Ich weiß. Es ist Twin Stars' Baby. *Raus* da jetzt, los!»

«Hör mal, das ist nicht fair, laß mich noch mal hin, laß mich ein bißchen bleiben, du hast mich kaum...»

«Ich muß es sehen!» sagte Omri in heller Aufregung. «Laß

mich nur gucken! Gib mir fünf Minuten, nach deiner Uhr, dann kannst du auch fünf haben, ich versprech's...»

Patrick gab nach. Er tauschte seinen Platz mit Omri.

«Nimm bloß das Tipi mit.»

«Das Tipi funktioniert jetzt nicht mehr, damit wirst du sie nur zurückbringen. Ich habe ihre Mokassins in meiner Tasche. Die müßten es auch tun. Los, jetzt mach schon.»

«Fünf Minuten!» sagte Patrick und schloß die Truhe ab.

Es blieb ihm keine Sekunde, um Atem zu schöpfen oder nur Angst zu haben. Sobald er zusammengekauert im dunklen Innern der Truhe saß, hörte Omri das Schloß zuschnappen und spürte dann sofort, daß Sonnenlicht auf ihn schien. Er versuchte, die Augen zu öffnen, bemerkte aber, daß sie schon offen waren – auf jeden Fall konnte er sehen. Und er konnte hören. Das war alles, was er tun konnte. Er war nicht nur bewegungslos, er konnte nicht einmal versuchen, sich zu bewegen. Gleichwohl fühlte er sich nicht gelähmt oder gefesselt. Er hatte einfach nichts, *womit* er sich hätte bewegen können, und dabei blieb es.

Vor ihm ausgebreitet lag ein zerstörtes Indianerdorf. Es war Abend. Die Sonne war eine rote Kugel, die hinter der felsigen Kante eines Hügels versank. Das Dorf lag in einer Lichtung in einem Wald von Kiefern und Ahornbäumen. Die Ahornbäume leuchteten in allen Farben des Feuers. Es war, als hätten die Feuer im Dorf, die inzwischen alle niedergebrannt waren, im umliegenden Wald noch mehr Feuer entfacht.

Nur wenige Langhäuser waren stehengeblieben. Viele waren bis auf den Boden niedergebrannt. Sie hatten aufgehört zu schwelen, aber ihre geschwärzten Überreste boten ein Bild der Verwüstung. Einige Frauen liefen umher. Manche trugen Wasser, manche kochten, andere kümmerten sich um verletzte Männer. Indianerkinder jeden Alters waren da und ziemlich viele Hunde. Fast gar keine jungen Männer.

Omri konnte keine Anzeichen einer Schlacht erblicken. Was war mit der Truppe gutbewaffneter Indianer passiert, die sie vor weniger als einer Stunde losgeschickt hatten? Waren sie etwa auf dem Weg verlorengegangen?

Plötzlich hörte er hinter sich ein Geräusch. Es war ganz unverkennbar das Schreien eines Neugeborenen. Omri versuchte sich umzusehen, merkte aber, daß er es nicht konnte. Was immer er war, er hing auf der Außenseite des Tipis fest, und das bedeutete, daß er nicht hineingucken konnte.

Ihm kam ein sehr eigenartiger und ulkiger Gedanke. *Ich frag mich, ob ich der Biber oder das Stachelschwein bin?*

Er hatte keine Zeit, darüber nachzudenken, denn da hörte er Boones Stimme.

«Der is wirklich ein feiner kleiner Kerl», sagte er. Seine Stimme stockte vor Rührung. «Alles is genau, wo's sein soll. Jetzt gibst du ihm einen Schluck Milch, un ich bitt die Jungs um was für dich, daß du wieder zu Kräften kommst.»

Links von Omri bewegte sich das Zelt, und er konnte Boone erkennen. Er war gerade dabei, sich die Augen zu wischen und die Nase zu putzen. Erstaunlicherweise hatte er seine volle Größe. Obwohl, nein, eigentlich war das gar nicht erstaunlich.

«Ein feiner kleiner Kerl», murmelte Boone in seinen Bart, schniefte und schüttelte den Kopf. «Mannomann, is die Natur nich wundervoll! Ich kann's kaum...»

Plötzlich blieb er stehen und starrte in entsetztem Staunen um sich.

«Bei den Sporen von meinen Stiefeln! Wo bin ich?»

Omri brannte darauf, es ihm zu sagen, aber er konnte ebensowenig sprechen wie sich bewegen. Aber Boone war kein Dummkopf. Er erkannte früh genug, was passiert war. Nach den paar Sekunden, die er brauchte, um seine Situation zu begreifen, drehte er sich um und sprang zurück ins Tipi. Zum Glück schien ihn niemand gesehen zu haben.

«Hey, little lady, weißt du, wo wir sind? Ich glaub, wir sind wahrhaftig in deinem Dorf! Na, na, daß du mir jetzt bloß nich aufstehst. Mensch, ich hätt's dir nich sagen sollen...»

Einen Augenblick später kam Twin Stars mit ihrem Baby im Arm heraus. Sie sah müde und ein bißchen mitgenommen aus, aber sonst schien alles in Ordnung. Ja, sie war schön. Omri, der sie bisher nur winzig klein kannte, hatte nie ihre Schönheit bewundern können.

Eine Indianerfrau kam vorbei. Sie bemerkte Twin Stars und wurde auf das Baby aufmerksam. Sie rief noch andere herbei. Bald war Twin Stars von einer ganzen Gruppe von Frauen umringt. Sie redeten erregt auf sie ein und deuteten oft Richtung Westen, der untergehenden Sonne entgegen. Omri hoffte, Boone würde so schlau sein, im Tipi zu bleiben, und das tat er auch tatsächlich. Nach ein oder zwei Minuten machte Twin Stars Anstalten, wieder hineinzugehen. Einige der anderen Frauen wollten sie begleiten, aber sie schickte sie fort.

Nun strengte Omri sich an, dem Gespräch hinter ihm im Tipi zu folgen.

«Was is los? What's going on?» fragte Boone sie sofort, als sie wieder hereinkam.

«Frauen sagen, seltsame Dinge passieren. Little Bull kommen mit vielen Kriegern. Reiten zu Hügeln. Warten auf neuen Angriff.»

«Welchen Angriff?» fragte Boone beunruhigt.

«Soldaten vielleicht nicht kommen zurück. Algonquins kommen. Nehmen Frauen, Nahrung, Felle.»

«Die haben keine Beute mitgehen lassen, als sie's letzte Mal hier waren?»

«Nein. Irokesen kämpfen, vertreiben. Algonquins anzünden, töten einige, erbeuten nichts. Jetzt Dorf warten. Little Bull warten in Hügeln. Algonquins kommen wieder, wenn Sonne gehen.»

«Aber die Sonne is schon fast weg!» sagte Boone, seine Stimme kippte beinahe um.

«Ja», sagte Twin Stars leise.

Nach einem Augenblick sagte Boone: «Haste denn keine Angst? Mit deinem Baby un so?» Twin Stars antwortete nicht. Nach einer Weile sagte sie: «Little Bull nah. Und Große Geister. Nichts Schlimmes geschehen.»

Omris Augen – oder die des Stachelschweines oder die des Bibers, durch wessen Augen er auch immer sah – starrten auf die Sonne. Sie versank so schnell hinter den felsigen Hügeln, daß er sehen konnte, wie sie sich bewegte. Nur ein schmales Stück war noch von ihr übrig. Die Dunkelheit war im Anzug, seine fünf Minuten waren längst vorbei. Warum hatte Patrick ihn nicht zurückgeholt?

Algonquins

Über dem Dorf lag bedrückende, angstvolle Stimmung. Als nun die Dämmerung kam, schienen sich die Dorfbewohner darauf vorzubereiten, das Lager zu verlassen. Die übriggebliebenen Männer – hauptsächlich Alte, ein paar Verwundete und Kampfunfähige – erteilten Befehle. Die Frauen liefen hierhin und dorthin und packten Sachen in Bündeln zusammen. Andere brachten Eimer mit Wasser herbei und löschten die wenigen Kochfeuer, die noch brannten, räumten die Töpfe weg und trommelten die Kinder zusammen. Ein paar Hunde rannten umher und bellten aufgeregt, weil sie spürten, daß die Hektik und die ängstlichen Stimmen nichts Gutes bedeuteten.

Omri beobachtete all das mit wachsender Angst. Die Minuten vergingen. Da er anscheinend nichts weiter als ein Bild auf der Leinwand des Tipis war, konnte er sich nicht vorstellen, wie er selbst in Gefahr sein könnte. Aber er machte sich furchtbare Sorgen um Twin Stars, Boone und das Baby.

Nach einer Weile kam eine alte Frau um das Tipi herum in Omris Blickfeld gelaufen. Sie humpelte so schnell, wie sie konnte, und starrte mit offenem Mund am Tipi hinauf, als wäre es aus dem Nichts aufgetaucht (was ja sogar stimmte). Sie beugte sich vor der Klappe nieder und rief nach Twin Stars. Twin Stars antwortete. Die alte Frau humpelte wieder davon. Ihr weißes Haar leuchtete in der Dämmerung. Die hohen Kiefern, die das Lager umgaben, hoben sich nun schwarz gegen den dunkel werdenden Himmel ab.

Omri hörte, wie Twin Stars im Tipi zu Boone sagte:

«Dorf jetzt fortgehen.»

«Wie bitte? Wohin fortgehen?»

«Im Wald verstecken.» Sie schwiegen. Dann fragte sie zweifelnd: «Boone mitkommen?»

«No. I can't. Das geht nich.»

«Warum nicht? Hier sein nicht sicher.»

«*Dort* sein nich sicher! Ich jedenfalls nich. Ich gehör nich dazu, girl. Das weißt du doch.»

Twin Stars sagte nichts weiter. Einen Augenblick lang geschah nichts, dann ging die Tipiklappe auf, und sie kam mit ihrem Baby heraus. Sie hatte es in ein Stück Leder gewickelt, das sie von ihrem Rock abgerissen hatte. In der Zeltöffnung drehte sie sich noch einmal um. Ihr Blick war sehr sanft und vermutlich für Boone bestimmt, der im Innern stand, wo Omri ihn nicht sehen konnte. Dann eilte sie davon und mischte sich unter die Menge der Indianer im Zentrum des Dorfes.

Bald schon formte sich ein ganzer Zug von Fliehenden. Es war jetzt fast zu dunkel, um noch irgend etwas zu sehen. Aber Omri konnte sie gerade noch erkennen, als sie schweigend den Kreis zerstörter und halbverbrannter Häuser verließen. Sogar die Hunde, die den Dorfbewohnern hinterhertrotteten, waren still. Einer von ihnen blieb ein bißchen zurück und kam am Tipi vorbei. Er blieb stehen, um an die Zeltwand zu pinkeln, und einen Moment lang sah er hoch – Omri direkt in die Augen. Er fletschte die Zähne, so daß sie in der Dunkelheit weiß aufleuchteten, und winselte nervös, wobei sich sein

Rückenfell sträubte. Dann zog er den Schwanz ein und jagte davon, den andern hinterher.

Schließlich waren das letzte Geraschel und Gemurmel verklungen, und es blieb eine unheimliche Stille zurück, die nur vom Ruf einer einzigen Eule unterbrochen wurde. Ein Vogel – oder ein Signal?

Omri hatte wahre Angst nie gekannt. Er konnte diese Situation nur damit vergleichen, wie es war, die Kaffstraße langzugehen und zu wissen, daß er an den Skinheads, die auf ihn lauerten, vorbei mußte. Das erschien ihm jetzt fast lächerlich. Denn was war schon das Schlimmste, das sie ihm tun konnten? Ein blaues Auge, ein paar Schrammen? Das hier war dagegen eine ganz andere Art von Angst.

Obwohl – wovor fürchtete er sich denn? *Ihm* konnte schließlich nichts passieren. Jeden Moment würde Patrick jetzt den Schlüssel im Truhenschloß herumdrehen und ihn zurückholen in seinen Körper, in die Normalität, in die absolute, wunderbare Sicherheit seines eigenen Lebens. Niemals vorher hatte er sich das klargemacht und schon gar nicht zu schätzen gewußt.

Warum dann dieses eisige Gefühl, das nur panische Angst sein konnte?

Vielleicht fürchtete er um Boone. Boone befand sich hinter ihm im Tipi, nicht länger eine winzige Figur, sondern ein Mann von voller Größe an einem fremden Ort zu einer fremden Zeit. Sichtbar, aus Fleisch und Blut, verletzbar und ganz allein. Omri konnte sich kaum vorstellen, wie Boone sich fühlen mußte, während er dort im Tipi darauf wartete, daß irgend etwas Unvorhersehbares über ihn hereinbräche.

Und plötzlich passierte es.

Es begann mit einem neuen Ruf der Eule. Omri sah auf der einen Seite nahe am Rand der Lichtung eine rasche Bewegung. Dann das gleiche auf der anderen Seite. Eine gebückte Männergestalt huschte an ihm vorbei. Und plötzlich schien es auf der gesamten Lichtung von umherschleichenden Männern zu wimmeln.

Sie waren natürlich keine Franzosen. Sie waren Indianer. Little Bulls Männer, die zurückkamen, um das Dorf zu verteidigen? Omri bemühte sich, sie zu erkennen. Aber das einzige, was er ausmachen konnte, waren Lederhosen, ein Federschmuck – das Aufblitzen einer Axtklinge, die das Sternenlicht reflektierte. Dann sah er, daß einige Männer Holz von den Kochfeuern genau im Zentrum des Kreises, den die Langhäuser bildeten, zu einem Haufen zusammentrugen. Von einer Lichtquelle in der Mitte der Gruppe begannen sich Schatten auszubreiten. Plötzlich züngelte eine Flamme hoch und noch eine. Das Feuer war entfacht worden. Und sofort konnte Omri alles deutlich sehen.

Dies waren nicht Little Bulls Männer! Ihre Kleidung war anders. Ihre Köpfe waren halb kahlgeschoren. Ihr Kopfschmuck, ja selbst ihre Art, sich zu bewegen, waren fremdartig. Auch ihre Gesichter. Ihre Gesichter waren wilde, verzerrte, furchterregende Masken von Haß und Wut.

Sie waren Algonquins und gekommen, um das Dorf zu plündern.

Im Licht des zentralen Feuers rannten sie hin und her, Dutzende von ihnen – unzählige. Innerhalb von wenigen Augenblicken hatten sie bemerkt, daß sie überlistet worden waren, daß das Dorf leer war und daß es nichts zu erbeuten gab, auch keine Frauen, die sie verschleppen konnten. Vor Wut brachen sie in Geschrei und Geheule aus. Durch den Lärm dieses Ausbruchs hörte Omri ein unterdrücktes Stöhnen hinter sich. Boone! Der Cowboy mußte hinaus auf die entsetzliche Szene starren.

Nun hielten die Indianer Zweige in das große Feuer, um Fakkeln zu machen. Sie tanzten und heulten und sprangen in die Luft. Einige von ihnen rannten auf die wenigen Langhäuser zu, die noch nicht den Flammen zum Opfer gefallen waren. Und auf einmal war Omri alles klar.

Er wußte, was er gefürchtet hatte. Sie würden das Tipi anzünden. Und er war ein Teil davon!

Das Tipi stand am Rande der Lichtung. Es gab noch andere Sachen, die sie zuerst anzünden würden. Aber er würde auch drankommen! Sie kamen näher, ihr Geheule wurde wilder, ihre Fackeln erzeugten wirbelnde Rauchwolken über ihren halbnackten Köpfen.

Omri schrie:

Patrick! Patrick! Mach endlich! Dreh den Schlüssel im Schloß, hol mich nach Hause, rette mich!

Er sah einen Indianer direkt auf sich zukommen. Sein Gesicht im Licht der Fackel war verzerrt vor Haß. Eine Sekunde lang erkannte Omri unter dem geschorenen Kopf mit der Skalplocke das hirnlose, zerstörungswütige Gesicht eines Skinheads, grade in dem Moment, bevor er zuschlägt. Der Mann riß die Fackel mit dem rechten Arm nach hinten, und nach einer Pause, dem Bruchteil einer Sekunde, kam sie durch die Luft geflogen und schlug direkt neben Omri gegen die Wand aus Tierhaut.

Sie glitt hinab und blieb auf dem Boden liegen, ihre Flamme fraß sich in den unteren Zeltrand. Der Algonquins leckte sich die Lippen, knurrte wie ein Hund und rannte zurück zum Feuer.

Omri hatte nicht gemerkt, daß er nicht nur sehen und hören, sondern auch riechen konnte. Nun roch er den Rauch, den Gestank brennender Tierhaut. Sie war trocken und fing schnell Feuer. Mit hilflosem Entsetzen sah Omri zu, wie die verbrannte Fläche neben ihm wuchs und dabei die Form eines flammengeränderten großen *A* annahm. Er bemerkte kaum, wie sich noch ein Indianer von der anderen Seite mit einem weiteren lodernden Zweig näherte, bis ihn plötzlich ein lauter Knall aus der Benommenheit der Angst aufschreckte, die ihn überwältigt hatte.

Der Indianer sprang in die Höhe. Seine Finger öffneten sich zuckend. Die Fackel fiel. Dann fiel auch der Mann. Wie ein Stein schlug er auf und lag bewegungslos auf dem Rücken, während der Zweig harmlos neben ihm weiterbrannte.

Alle anderen blieben wie angewurzelt stehen, ihre grimmigen Gesichter wandten sich dem Tipi zu.

Der Schuß war unterhalb von Omri aus dem Zelt gekommen. Omri sah direkt unter sich das Ende eines Revolverlaufs aus dem Schlitz in der Tierhaut herausragen. Und als das ganze Rudel von Algonquins heulend und schreiend auf das Tipi losrannte, wobei ihre ungeheuren Schatten ihnen voraus über den Boden glitten, krachten weitere Schüsse, und noch zwei, dann drei Indianer stürzten.

Die anderen zögerten und liefen in Panik auseinander. Das Feuer im Zentrum brannte lichterloh weiter, unbeaufsichtigt. Das Feuer, das sich am Tipi hochfraß, brannte auch. Drinnen, hinter sich, konnte Omri hören und sogar fühlen, wie Boone verzweifelt auf die züngelnden Flammen einschlug – mit seinem Hut vielleicht – und dabei fluchte. Doch es war nutzlos. Das Feuer breitete sich aus.

Komm raus da, Boone! Lauf, Boone, lauf in den Wald, rette dich!

Rauch strömte vorbei an dem gemalten Tier, das Omri bewohnte, und er konnte nichts mehr sehen.

Schrecken einer Schlacht

Aus dem dunklen Herzen der Furcht hörte Omri ein neues Geräusch.

Er konnte jetzt gar nichts mehr sehen. Aber durch das Knistern der Flammen, die schon an ihm leckten, drang plötzlich ein ohrenbetäubendes Knattern. Dann vereinzelte Detonationen. Näher und näher. Ohne eine weitere Vorwarnung explodierte etwas fast direkt unter ihm. Das Tipi stürzte um. Omri fühlte es auf sich liegen. Der Lärm des Feuers ließ nach, der Rauch verzog sich, obwohl der Geruch noch in der Luft hing. Das umfallende Tipi hatte die Flammen gelöscht. Er fühlte etwas Schweres, dann ein Umsichschlagen, und er konnte Boones wahnsinniges Fluchen hören, als dieser versuchte, sich aus dem Durcheinander des halbverbrannten Zeltes herauszuwühlen.

Dabei drehte er das ganze Ding auf seine andere Seite. Nun starrte Omri hinauf in den Nachthimmel. Er konnte die Sterne sehen durch den Rauch, der direkt über ihm vorbeitrieb, und auch die Reflexion des großen zentralen Feuers auf ein paar Kiefernwipfeln.

Ein Cowboystiefel hing eine Sekunde lang über ihm im Sternenlicht und trat dann auf, haarscharf an Omri vorbei. Boone stand breitbeinig über ihm und feuerte in die Dunkelheit ringsum, einmal, zweimal. «Da! Take that, ihr verfluchten Kojoten!» schrie er. Dann ein Klicken… Omri merkte, daß er mitgezählt hatte. Das war die sechste und letzte Kugel gewesen.

Da ertönte das Knattern wieder, inzwischen näher, und Boone schmiß sich zu Boden auf das umgekippte Tipi – auf Omri. Omri konnte jetzt riechen, wie Boone schwitzte, fühlen, wie sein Herz durch das Hemd klopfte, hören, wie er eine Mischung von Flüchen und Gebeten murmelte. Die Maschinengewehrkugeln pfiffen über sie hinweg. Mit einem ohrenbetäubenden Krachen explodierte eine Handgranate in der Nähe des großen Feuers. Nun mischten sich Schreckensgeheul und -gekreische unter den Lärm der Explosionen. Und als Little Bulls Männer aus ihren Verstecken hervorkamen, um die glücklosen Algonquins anzugreifen, noch andere Rufe, Schlachtrufe. Omri hörte unter sich, wie das Donnern eines einzelnen Paares Hufe über den Boden trommelte. Boone rollte zur Seite, und in beinah demselben Moment wurden die Sterne verdeckt, weil das Pony in einem wilden Satz über das Tipi und Boone hinwegsprang. Als es weitergaloppierte, erkannte Omri Little Bull auf dem Rücken des Ponys. Ein Gewehr über dem Kopf schwenkend, verfolgte er drei fliehende Algonquins und brachte sie zur Strecke.

Der Lärm der Schüsse war inzwischen anhaltend und ohrenbetäubend. Omri konnte im Dunkeln das Aufblitzen großer und kleinerer Explosionen sehen. Wie eine Flutwelle schwappte die Schlacht chaotisch hierhin und dorthin. Zwei- oder dreimal rannten kleine Gruppen von Indianern – ob sie Freund oder Feind waren, konnte er nicht erkennen – über das umgestürzte Zelt hinweg. Einer stolperte über Boone und flog in hohem Bogen. Sein nackter Fuß streift Omris Gesicht.

Dies war der Alptraum, der alle anderen Alpträume austreibt. So völlig machtlos, unfähig, sich zu bewegen, zu fliehen, sich zu wehren oder sich einfach Augen und Ohren zuzuhalten, hatte Omri längst aufgehört zu hoffen, daß irgendein Wunder ihn retten würde. Patrick hatte er vollkommen vergessen, sein anderes Leben hatte er vergessen. Als hilfloser Zeuge sah er das Chaos und Blutvergießen des Krieges mit an, war Teil davon und doch nicht Teil davon. Es kam ihm vor, als würde es für immer so weitergehen oder jedenfalls so lange, bis ihn irgendeine Art von Vergessen überkäme.

Dann, innerhalb von einer Zehntelsekunde, war alles vorbei.

Der Lärm, der Rauch, die Schreie – der Schrecken – die Hilflosigkeit. Vorbei...

Stille.

Er lag zusammengekauert im Dunkeln auf etwas Hartem. Er konnte seinen Körper fühlen, seinen eigenen dreidimensionalen Körper. Licht strömte über ihn und warme Luft. Und er hörte Patrick, der mit panischer Stimme seinen Namen rief.

Omri zog sich langsam hoch. Eine Hand klammerte sich an den Rand der Truhe. Die andere tastete seine rechte Gesichtshälfte ab. Patrick starrte ihn entgeistert an.

«Omri! Bist du in Ordnung?»

Omri antwortete nicht. Die eine Seite seines Kopfes fühlte sich komisch an. Er nahm die Hand weg und hatte schwarzes Zeug an den Fingern. Irgendwas war auch mit seiner Nase los. Er fühlte, wie etwas herauslief. Er schaute an sich herunter. Auf seinem Sweatshirt war Blut.

«Was ist mit dir passiert? Du siehst aus – deine Nase blutet, dein Haar...!»

All das war ihm egal. Das Blut, das versengte und geschwärzte Haar waren ihm egal. Sie taten ihm nicht weh und machten ihm keine Angst, wenigstens nicht das, was er jetzt noch Angst nennen würde. Mit steifen Gliedern kroch Omri aus der Truhe und versuchte angestrengt, seine Gedanken in den Griff zu kriegen, sie zurechtzurücken und zu ordnen.

Patrick redete irgendwas über Omris Mutter.

«Sie kam einfach rein, ich konnte nichts machen, sie schickte mich runter ans Telefon und ließ mich dann nicht wieder raufgehen. Sie fragte unaufhörlich, wo du seist. Sie hat mich aufgehalten. Ich wär fast durchgedreht, sie wollte mich einfach nicht weglassen... Omri, es tut mir leid. Verdammt, du siehst fürchterlich aus, als wärst du fast umgebracht worden oder so. Was ist passiert? Ist es vorbei? Sollten wir die anderen zurückholen?»

Omri preßte sich etwas Weiches unter die Nase. Sein Kopf fing jetzt an zu brennen, wo das Feuer ihn berührt hatte. Es war schrecklich schwierig, einen klaren Gedanken zu fassen. Er erinnerte sich daran, was Boone über Little Bull gesagt hatte, und sagte sich wieder und wieder: *Armer Kerl hat 'n Schock abgekriegt. Armer Kerl*... Der «arme Kerl» war er selbst.

Die anderen... Er drehte sich jäh um.

«Hol Boone zurück!» schrie er. «Nicht die anderen, aber Boone! Beeil dich!»

Patrick nahm das Plastiktipi hoch und schnappte sich Boones Figur.

«Vergiß nicht seinen Hut!» sagte Omri idiotischerweise. Patrick wühlte in der Erde der Pflanzschale herum und warf sie fast noch der Figur und dem Zelt hinterher. Er knallte den Truhendeckel zu und drehte den Schlüssel herum.

«Wenn er bloß nicht tot ist…» stöhnte Omri. Sein Kopf fing an, auf der verbrannten Seite stechend zu schmerzen. Patrick riß den Deckel wieder auf.

Sie sahen hinunter in den Bauch der Truhe. Das Tipi war ein verwüsteter, verrußter Haufen, Boone lag oben drauf. Er war ganz still. Einen entsetzlichen Moment lang dachte Omri, eine verirrte Kugel oder die Druckwelle einer Explosion hätten, ihn erwischt. Doch dann hob er seinen roten Schopf und sah zu ihnen auf.

«Ist es vorbei?»

«Für uns ist es vorbei, Boone», sagte Omri.

Behutsam hob er ihn heraus.

«Warste auch da? Wo warste denn, mein Sohn?»

«Für eine Weile lagst du auf mir drauf», sagte Omri.

Boone versuchte gar nicht erst, das zu kapieren.

«Verdammt soll ich sein, wenn das nich die absolut allerschlimmste Sache war, die ich in meinem ganzen Leben je erlebt hab!»

«Ich auch», sagte Omri nüchtern.

Patrick starrte sie an.

«Hab ich's verpaßt?» fragte er. «Ist es vorbei?»

«Weiß ich nicht», sagte Omri.

Mit einem plötzlichen Satz sprang Patrick in die Truhe.

«Was machst du da?» schrie Omri, obwohl er es wußte.

«Schick mich zurück! Ich hab alles verpaßt, und du hast es gesehen! Schick mich zurück!»

«Nein.»

«Du mußt! Das ist nur fair.»

«Vergiß dein *fair*. Du weißt nicht, wovon du sprichst. Es war… Vergiß, daß du es verpaßt hast. Du hast Glück gehabt.»

«Aber...»

«Vergiß es. Nicht für eine Million Mark würde ich dich jetzt zurückschicken.»

Patrick sah ein, daß es ihm ernst war. Als er sich Omris Gesicht anguckte, so mutig er auch war, konnte er es doch nicht bedauern, daß Omri sich weigerte.

Er kletterte langsam wieder heraus. «Erzähl mir alles», sagte er.

Omri erzählte, wobei Boone ihn hier und da unterbrach. Boone hatte drei, vielleicht sogar vier Indianer niedergeschossen, bevor ihm einfach die Kugeln ausgingen.

«Du solltest dich besser mal um die Verbrennung da kümmern», sagte Patrick zum Schluß.

«Ja, bloß wie?»

«Früher oder später wirst du sie deiner Mutter zeigen müssen.»

«Wie werd ich ihr das erklären? Und das Nasenbluten?»

Patrick sagte, das Nasenbluten sei ja nichts weiter. «Du könntest ihr sagen, wir hatten Streit.» Die Verbrennung war das Problem. Die Hälfte seines Haars auf der einen Kopfseite war versengt, und er hatte eine große rote Brandblase.

«Na ja, brauchst dir jetzt noch keine Sorgen drum zu machen, wie du's erklären wirst», sagte Patrick. «Sie sind ausgegangen.»

«Wer?»

«Deine ganze Sippschaft. Deine Eltern und deine Brüder.»

«Ist der Babysitter hier?»

«Noch nicht, sie hat Verspätung. Kannst du es bis morgen früh aushalten?»

Omri war sich nicht sicher. Wahrscheinlich schon. Er

schämte sich, zuzugeben, wie ihm das Herz in die Hose gerutscht war, als Patrick sagte, daß seine Mutter nicht zu Hause war. Plötzlich wollte er unbedingt, daß sie da war. Er wollte ihr alles erzählen, damit sie sich darum kümmern könnte und um ihn auch. Na ja, das ging also nicht, und damit hatte es sich. Vielleicht war das auch besser so.

Boone war so kaputt, daß er sich im Langhaus zu einem Schläfchen hinhaute, nachdem er noch den Rest vom Whisky runtergekippt hatte. Patrick und Omri liefen hinunter ins Badezimmer der ersten Etage und fanden eine Salbe, mit der Omri den Kopf eincremte. Als er sich selbst im Spiegel sah, kippte er vor Schreck fast um. Sein Gesicht war weiß, rot und schwarz. Er fühlte sich so, als könnte er auch einen Schluck Whisky gebrauchen, nahm aber nur eine Aspirin.

«Was ist mit den anderen?» fragte Patrick.

«Ich weiß nicht.»

Omri hatte das Gefühl, daß ihm die ganze Sache völlig außer Kontrolle geraten war. Nachdem er Boone, Little Bull und Twin Stars in voller Lebensgröße gesehen hatte, konnte er ihnen nicht mehr so begegnen wie vorher. Ein Teil von ihm hatte sie noch als «seine» angesehen. Nicht als «Spielzeug», nein, aber doch so, als gehörten sie zu ihm, dorthin, wo er Einfluß auf sie hatte – bis dann die Schlacht geschah. Mit dieser Illusion war es nun vorbei. Was passierte in diesem Moment in ihrem Dorf? Was immer es war, er war dafür verantwortlich. Er konnte sich um die Erkenntnis nicht drücken, daß er verheerende moderne Waffen gedankenlos in eine frühere Zeit geschickt hatte und daß sie mit Sicherheit Menschen getötet hatten. «Bösewichte» natürlich... Aber wer waren die Bösewichte? Wenn Patrick ihm vor einem Jahr einen anderen Plastikindianer geschenkt hätte, hätte es genausogut ein Algonquin sein können. Und dann wären die Irokesen die Bösewichte gewesen. Plötzlich kam es Omri so vor, als geschehe der Alptraum nicht dort, sondern hier.

«Ich glaube, wir sollten sie zurückholen», sagte Patrick.

«Hol sie zurück, wenn du willst», sagte Omri, der auf einmal todmüde war. «Ich muß schlafen.» Er begann die Treppe zu seinem Zimmer hochzusteigen und hielt inne. Nicht da oben. Er wollte – neutrales Territorium. Er drehte sich um und ging wieder runter.

«Wohin gehst du?» fragte Patrick.

«Runter ins Wohnzimmer. Ich werd auf dem Sofa schlafen.»

«Und wenn der Babysitter kommt?»

«Schieb sie ins Eßzimmer.» Er blieb stehen und sah Patrick in die Augen. «Mach bloß nichts Dummes», sagte er. «Mehr kann ich nicht verkraften.»

«Ich werd mich um alles kümmern», sagte Patrick.

Omris Füße waren bleischwer. Im Wohnzimmer machte er nicht einmal das Licht an, sondern warf sich nur aufs Sofa. Innerhalb von zwei Minuten war er tief und fest eingeschlafen.

Invasion

Zwei Stunden lang schlief er traumlos. Dann weckte ihn etwas.

Er hob ruckartig den Kopf. Seine Mutter hatte die Vorhänge nicht zugezogen, so daß von der Straße etwas Licht hereinfiel. Er fühlte sich merkwürdig, doch er erkannte sofort, wo er war, und erinnerte sich daran, warum er dort war. Er war noch längst nicht ausgeschlafen. Aber warum war er dann aufgewacht?

Plötzlich sah er, daß da jemand im Raum war – oder vielmehr dabei war, hereinzukommen. Durch ein offenes Fenster, das zum Vorgarten rausging und gar nicht hätte offen sein sollen. Das Geräusch beim Öffnen und die kalte Nachtluft, die hereinzog, hatten ihn geweckt. Er schielte über die Lehne des Sofas, das im hinteren Teil des Wohnzimmers in tiefem Schatten lag. Er konnte klar den Umriß einer männlichen Gestalt erkennen, die zuerst ein Bein und dann das andere vorsichtig über das Fensterbrett hob. Dabei zog sie unter dem halbhochgeschobenen Fenster den Kopf ein: ein kahler Kopf, der matt schimmerte im gedämpften Licht, das hinter der hohen Hecke zur Straße hervorkam.

Einen Augenblick lang dachte Omri, es sei ein Algonquin. Aber da fehlte die Skalplocke auf dem kahlgeschorenen Schädel. Es war ein Skinhead. Nein – nicht nur einer. Sobald er drinnen war, beugte der erste sich hinaus und gab ein Zeichen, und aus der Dunkelheit draußen erschienen ein zweiter und dann noch ein dritter. Einer nach dem anderen kletterten sie geräuschlos in Omris Haus.

Schlagartig erinnerte er sich an letzte Nacht (war das wirklich erst letzte Nacht gewesen?), als er runtergekommen war, um Twin Stars etwas zu essen zu holen. Er hatte gesehen, wie ein Glatzköpfiger unter dem Küchenfenster vorbeigegangen war, und es dann einfach vergessen. Wahrscheinlich hatten sie das Haus ausspioniert, «sich den Laden mal angesehen», und dabei Pläne geschmiedet für eine Nacht, wenn die ganze Familie außer Haus war...

Wo war der Babysitter?

Normalerweise würde sie hier im Wohnzimmer sitzen und fernsehen. Aber der Fernseher stand im Dunkeln in seiner Ecke. Die Eindringlinge bewegten sich auf das Gerät zu und schnappten es sich. Während einer das Kabel aus der Steckdose zog und es hastig aufrollte, hoben ihn die andern beiden hoch. Würden sie versuchen, ihn durchs Fenster rauszubringen? Nein. Sie trugen ihn geräuschlos zur Tür hinüber. Der Kabelträger öffnete sie, und sie verschwanden nach draußen.

Omri setzte blitzschnell die Füße auf den Boden und stand im Dunkel. Er hielt den Atem an. Sein Herz schlug verblüffend regelmäßig; er fühlte sich tatsächlich ganz besonnen und klar im Kopf. Es gab noch eine zweite Tür am anderen Ende des Wohnzimmers, und die lag dem Treppenabsatz am nächsten. Lautlos huschte er über den Teppich und aus dem Zimmer heraus, wobei er die Haustür im Auge behielt.

Sie war offen. Die Skinheads schlichen den Weg hinunter, aber sie dachten gar nicht daran abzuhauen. Sie stellten den Fernseher im Vorgarten direkt hinter der Hecke ab. Omri war klar, daß sie sich dann umdrehen und zurückkommen würden, um noch mehr zu klauen. Mit zwei flinken Schritten war er an der Treppe und rannte sie geräuschlos hinauf, nahm immer zwei Stufen auf einmal.

Er mußte die Polizei anrufen.

Nein, das ging nicht. Das einzige Telefon war im Flur.

Er mußte *etwas* tun. Er konnte sie nicht einfach so davonkommen lassen. Es war eklig genug, daß sie ihm das Leben in der Kaffstraße zur Hölle machten. Aber Tatsache war nun mal, daß sie älter waren als er, daß sie zu dritt waren und daß sie wahrscheinlich Messer hatten.

Atemlos erreichte er sein Zimmer unterm Dach und öffnete, so leise er konnte, die Tür. Er hielt inne. Es war voller seltsamer kleiner Lichter und flackernder Schatten.

Als erstes sah er Patrick, der fest schlief auf den am Boden ausgebreiteten Kissen. Dann bemerkte er, daß das Schränkchen wieder auf den Deckel der Truhe gestellt worden war, ebenso die Pflanzschale. Auf deren Erde, die inzwischen viele Füße festgetrampelt hatten, schien ganz schön was los zu sein. Omri trat näher, um es sich genauer anzugucken.

Ein erstaunlicher Anblick.

Das zerstörte Langhaus war in eine Art Krankenhaus umfunktioniert worden. Der Boden war mit sauberem, offensichtlich aus einem Notizbuch herausgerissenem Papier ausgelegt worden. In einer Doppelreihe mit einem Durchgang zwischen den Fußenden lagen einige verwundete Indianer. Sie sahen so aus, als wären sie gut versorgt worden. Alle, die Omri durch die Löcher im Langhausdach sehen konnte, waren verbunden und in warme Decken gehüllt, die aus herausgeschnittenen Quadraten von Omris Sportsocken bestanden. Er erkannte die grünen und blauen Streifen auf dem weißen Frottee wieder. Twin Stars war da; sie hatte ihr Baby auf den Rücken gebunden und ging vom einen zum andern mit einem Eimer, aus dem sie ihnen zu trinken gab.

An beiden Enden des Gebäudes brannte jeweils ein kleines Feuer aus Streichhölzern und Kerzenwachsspänen. Beide Feuer hütete ein Indianer, der nicht verwundet war. Um die Feuer herum lagen noch mehr Krieger und schliefen, eingerollt in Fingerling-Schlafsäcke.

Omris Blick wanderte hinüber zu einem hellen Licht am Rand der Pflanzschale. Der Kerzenstummel war in die Erde gesteckt und angezündet worden. Drum herum bewegte sich murmelnd und singend Little Bull in einem langsamen Tanz. Sein Schatten wurde, riesig vergrößert, an alle Wände von Omris Zimmer geworfen, und der dünne, sonderbare, klagende Klang seines Gesangs machte Omri das Herz schwer.

In der Nähe der Kerze war die Koppel. Sie ähnelte einem Friedhof. Auf dem Gras ausgebreitet lagen einige kleine stille Gestalten, zugedeckt mit weißen Baumwolltüchern, die von roten Flecken übersät waren. Omri zählte sie. Es waren acht. Acht von vierzig Kriegern. Und dann all die Verwundeten. Wie war das möglich – sie hatten doch den nichtsahnenden Feind aus dem Hinterhalt überfallen, mit weit überlegenen Waffen.

Omri brauchte nur einige Augenblicke, um all dies zu erfassen. Dann kam aus dem Innern des Langhauses eine kleine blau-weiß gekleidete Figur gerannt mit einer hohen weißen Haube.

«Also wirklich!» rief sie aus, als sie ihn erblickte. «Das nenne ich einen netten Empfang! Soll das hier eine Unfallstation sein? Ich wäre lieber Florence Nightingale. *Die* hatte es leicht im Vergleich zu mir! Wer auch immer diese armen einfachen Narren mit modernen Waffen losgeschickt hat, sollte sofort erschossen werden!»

«Was ist passiert?» fragte Omri. Sein Mund war ganz trokken.

«Eben genau das, was passieren mußte. *Sie haben auf die eigenen Männer geschossen!* Was ich aus ihrem Anführer herausbekommen konnte, ist, daß sie den Feind umzingelt und dann von allen Seiten losgeballert haben, ohne sich darüber klar zu sein, wie weit die Kugeln fliegen würden. Die Schüsse, die keinen Feind getroffen haben, trafen wahrscheinlich einen Freund, der aus der anderen Richtung kam! Heute nacht hab ich so viele Kugeln herausgefischt, ich könnte es inzwischen mit geschlossenen Augen...»

Sie eilte zurück an die Arbeit und hörte nicht auf, dabei mißbilligend zu grummeln.

Omri bückte sich und rüttelte Patrick wach.

«Steh auf. Unten sind Einbrecher im Haus.»

Patrick schreckte hoch. «Was!»

«Drei Skinheads. Sie müssen glauben, das Haus sei leer. Die können uns total ausnehmen. Bloß werden wir ihnen einen Strich durch die Rechnung machen.»

«Ist das dein Ernst? Und wie, bitteschön?»

«Wo sind die Gewehre, die die Indianer hatten?»

«Im Schränkchen. Ich glaub, sie haben ziemlich viele kaputt gemacht.»

«Wir waren wahnsinnig... Wo ist die Tüte mit den britischen Soldaten, die wir im Garten hatten?»

«Hier. Aber du wirst doch nicht...»

«Und wo ist Pickits?»

«Da drin mit den anderen.»

Omri leerte hastig die Papiertüte auf den Truhendeckel aus. Er fand Pickits sofort und warf ihn beinah ins Schränkchen. Im letzten Moment dachte er noch daran, zuerst den Wirrwarr von Gewehren und Maschinenpistolen herauszunehmen. Er schloß die Tür zu und wieder auf, und einen Augenblick später stand Pickits mit verwirrtem Blick neben dem Haufen Waffen.

«Corporal! Überprüfen Sie diese Waffen.»

Pickits, der sich noch die Augen rieb, stand sofort stramm und begann dann zu entwirren, was nur noch wie ein Haufen Schrott aussah. In der Zwischenzeit stopfte Omri hemmungslos Händevoll Soldaten ins Schränkchen. Patrick schaute ihm über die Schulter.

«Du bist verrückt! Mir sagst du immer, ich solle nicht...»

«Halt's Maul, und bring mir was Flaches.»

«Wie, was Flaches?»

Omri brauste auf. «Benutz mal deinen Grips... Irgendwas! Ein Tablett, ein Buch! Mein Schnellhefter tut's auch. Mach schnell!»

Patrick tat, wie ihm befohlen. Omri machte die Tür des Schränkchens zu, aber er schloß sie nicht ab.

«Corporal!»

«Jasir!»

«Wieviel Munition ist übrig?»

«Munition, Sir? Ist eher die Frage, wieviel Waffen, die es noch tun. Die Rothäute haben Chaos angerichtet, Sir. Totales Chaos. Das hatte ich befürchtet, Sir. Das hier sind schließlich Präzisionsinstrumente, Sir, und keine verflixten Pfeile und Bogen!»

«Das ist jetzt auch egal. Ich werde Sie mit einer äh – einer Operation beauftragen, Corporal.»

«Mich, Sir?»

«Diesmal keine Indianer. Britische Truppen. Und die werden einen Angriff auf drei Leute von meiner Größe starten.»

«Gott steh uns bei, Sir? Wie soll das gehn?»

«Tun Sie einfach, was ich Ihnen sage, Corporal, und bringen Sie die Soldaten dazu, zu tun, was Sie sagen. Okay?»

Pickits schluckte hörbar und richtete sich dann gerade auf.

«Solange die meisten Marineinfanteristen sind, Sir, glaube ich, das wir's schaffen.»

«Gut, Mann. Halten Sie sich bereit, ihnen gut zuzureden, wenn sie rauskommen.»

«Die brauchen wir nicht zu verhätscheln, Sir. Das Licht ist schlecht. Werd ihnen einfach sagen, wir sind auf Nachtmanöver.»

Omri drehte den Schlüssel im Schloß und öffnete sofort die Tür. Es war gut, daß das Licht im Zimmer schwach war. Patrick schob Omris großen flachen Schnellhefter vor das Schränkchen, und sogleich strömten zwanzig oder dreißig winzige, in Khaki gekleidete Gestalten heraus. Ein paar von ihnen hatten noch ihre Waffen, andere befolgten die Befehle, die Pickits bellte, und machten sich daran, die von den Indianern benutzten Waffen aufzusammeln. Die metallischen Geräusche von Waffen, die geladen werden, erfüllten den Raum.

«Sollen wir diesmal die großen Kanonen benutzen, Sir? Wo wir jetzt die Besatzung haben?» fragte Pickits Omri leise.

«Ja. Lassen Sie sie alle hier drauf antreten, und sagen Sie den Männern, sie sollen sich für einen massiven Angriff bereitmachen, sobald Sie den Befehl geben.»

«Kein Problem, Sir. Bloß nicht – äh…» Er hüstelte. «Nicht nach vorne treten, Sir. Die haben noch nichts Ungewöhnliches bemerkt, wenn Sie wissen, was ich meine.»

Patrick war inzwischen auch Feuer und Flamme. Er war fieberhaft dabei, auch noch die kleinsten Schießeisen, die er in der Keksdose auftreiben konnte, auszusortieren und das Schränkchen und den Schlüssel ihre Wirkung tun zu lassen. Bald schon waren die Männer in Position, aufgereiht zu drei Seiten eines Quadrates und mit dem Rücken zu Omri. Sie waren bis an die Zähne bewaffnet mit leichten Gewehren, Maschinenpistolen, tragbaren Panzerabwehrraketen und sogar einem «Bunkerbrecher» (einer Milanrakete), ein furchterregendes Aufgebot, das Omri in diesem Fall ohne die geringsten Skrupel anwenden wollte.

«Corporal», flüsterte er. «Ich werde sie nun alle transportieren. Sobald Sie ihre Ziele sehen können, geben Sie Feuer frei!»

«Sir!»

«Und keine Angst! Niemand wird verletzt werden.»

«Hoffst du», murmelte Patrick, als sie sich auf den Weg die dunkle Treppe hinunter machten.

Die Nacht der Skinheads

Sie bewegten sich geräuschlos durch die Dunkelheit alle Stufen hinunter. Omri konnte an seinen Händen, mit denen er die Seiten der Schnellhefterplattform hielt, die schwachen Schwingungen von Leben spüren. Er spürte auch zum ersten Mal, seit es passiert war, ein Brennen, da wo die Reihe winziger Kugeln die Haut seiner Handfläche durchbohrt hatte.

Auf dem ersten Treppenabsatz stupste er Patrick an, er sollte stehenbleiben.

Unter den letzten Treppenstufen war eine, die immer knarrte. Er hörte sie jetzt knarren. Er änderte die Richtung und schlüpfte durch eine halboffene Tür ins Badezimmer.

Er und Patrick standen nun hinter dieser Tür. Es gab noch eine andere Tür zu diesem Zimmer. Sie führte in das Schlafzimmer seiner Eltern, und die stand auch offen. Sie sahen, wie ein schwacher Lichtschein – wie von einer kleinen Taschenlampe – sich seinen Weg über den Treppenabsatz ertastete, und hörten die heimlichen Geräusche, mit denen die Skinheads ihm folgten. Dann ein Flüstern:

«Gucken wir mal hier rein.»

Der Lichtfinger verschwand, nur um durch die andere Tür wieder zu erscheinen. Die Eindringlinge waren im Zimmer von Omris Eltern. Er konnte sie umherschleichen hören, und dann drang noch das Knarren einer Schranktür an sein Ohr.

«Bah – keine Pelzmäntel...»

Omri und Patrick standen wie angewurzelt, sie atmeten kaum. Omri betete beinah, daß bloß kein Soldat in der Dunkelheit versehentlich einen Abzug drücken würde. Plötzlich war der Lichtstrahl hinter der Tür kaum noch einen Meter von ihnen entfernt.

«Guck mal hier, Kev!»

Omri biß sich auf die Lippen. Er wußte, was sie gefunden hatten. Ein kleines Eichenschränkchen mit flachen Schubladen, in denen seine Mutter die wenigen Schmuckstücke, die sie besaß, aufbewahrte. Das meiste war altes Silber, das sie von ihrer Mutter geerbt hatte. Es war ihr sehr teuer, obwohl es nicht besonders wertvoll war. Omri hörte das Schaben der hölzernen Schubladen und dann:

«Das hier können wir auf dem Flohmarkt verscherbeln... Nehmen wir gleich das ganze Ding.»

Und dann eine andere Stimme, weiter weg, aber trotzdem hörbar, weil sie sich in Sicherheit glaubten und unvorsichtig wurden:

«Ey! Ich piß denen aufs Bett!»

Sie hörten ein unterdrücktes Prusten und Kichern.

Das war zuviel.

Noch bevor Omri auch nur ein Signal geben konnte, hatte Patrick mit einem Knurren von Abscheu die Tür aufgestoßen.

«Der Lichtschalter! Neben dir!» rief Omri.

Einen qualvollen Moment lang tappte Patrick im Dunkeln. Dann ging die Deckenleuchte an und überflutete das Zimmer mit grellem Licht. Die Skinheads erstarrten in grotesken Haltungen, wie Kinder, die Ochs vorm Berge spielen. Ihre bösartigen Gesichter waren den Jungs zugewandt, die Augen fielen ihnen fast aus dem Kopf, sie glotzten mit offenen Mündern. Sekundenlange Schrecklähmung.

Omri stürzte herein wie eine Furie, hielt an und streckte die Schnellhefterplattform mit den Truppen darauf vor sich in die Luft.

«Ey, was zum Teufel...»

Dann erklang laut und deutlich Pickits' Oberfeldwebelstimme:

«FEUER FREI!»

Der größte Skinhead knurrte und machte einen Hechtsprung auf Omri zu. Für den Bruchteil einer Sekunde drohte er über ihn herzufallen. Dann brach das Kugelfeuer los, und plötzlich erschien eine Linie winziger roter Punkte in seinem Gesicht. Von einer Backe diagonal über die Nase bis auf die andere. Er blieb sofort stehen, heulte vor Schmerz und hielt sich krampfhaft die Hände vors Gesicht.

«Ich bin gestochen worden. Hier sind Hornissen! Weg! Weg!»

Sein Kumpel sprang jetzt auf Patrick zu, die Hände schon ausgestreckt, um ihn niederzumachen.

«Die krieg ich. Kleine Scheißer...»

Das einzige, was er kriegte, war die Miniaturausgabe einer panzerdurchbohrenden Bombe unter den Daumennagel.

«AUUU!» kreischte er und stieß einen Haufen übler Flüche aus, während er seine Hand schüttelte und vor Schmerzen auf und ab hüpfte.

Der dritte und kleinste der Bande hatte den Gegenstand, den Omri in der Hand hielt, angestarrt, und er hatte ihn als einziger *erkannt*. Jetzt stieß er einen Laut aus, der als Stöhnen anfing und in einem tobsüchtigen Schrei endete.

«OouuhAAAAiii!»

Dann bekam er einen Anfall von Panik, stürzte in kurzen Sätzen hierhin und dahin und schrie: «Hilfe! Die sind lebendig, ich hab's gesehn, die sind lebendig!» ... Immer begleitet von dem Krachen, Knattern und Knallen der kleinen Gewehre, die unablässig feuerten. Auch die beiden anderen Gangster drehten sich um und versuchten zu fliehen. Aber nun hatte sie jeder Orientierungssinn verlassen. Sie stießen gegen Möbel, Wände, rempelten sich untereinander an, fluchten, jaulten auf und machten jedesmal, wenn sie getroffen wurden, wütende Luftsprünge. Omri und Patrick heizten den Aufruhr noch an und riefen ihren kleinen Männern lautstark Mut zu. Patrick tänzelte umher, als sei er bei einem Boxkampf oder einem Fußballspiel. Omri mußte stillhalten, um die Abschußplattform gerade zu halten, aber er stieß einen markerschütternden Triumphschrei aus, als die drei Skinheads endlich den Ausgang fanden und Hals über Kopf flüchteten.

«Feuer halt!» rief Patrick.

«FEUER HALT!» brüllte Pickits.

Für den Bruchteil einer Sekunde herrschte Stille. Dann hörten die Jungen, wie die Skinheads die Treppe runterhetzten und fluchten. Einer von ihnen fiel, es gab eine Reihe dumpfer Aufschläge, die sie mit Genugtuung hörten, und schließlich ein lautes Krachen, als eines der Geländer nachgab. Die Jungen rannten die oberste Treppe hinunter und sahen noch, wie sie den Weg entlang flohen, und hörten dann, wie das Klappern ihrer Stiefel sich die Kaffstraße hinunter entfernte.

Die Jungen drehten sich um und umarmten einander.

«Wir haben's geschafft, wir haben's geschafft!»

«Wie du das Licht angemacht hast – super!»

«Wie konntest du das Teil so gerade halten? Ich hätte sie alle runterpurzeln lassen, so aufgeregt war ich! Hey! Wo ist es?»

«Ich hab's aufs Bett gestellt...»

Sie rannten zurück ins Schlafzimmer. Pickits befahl den Männern mit ruhiger Stimme, aufzuräumen und die großen Waffen abzudecken.

Als er die Jungen bemerkte, entfernte er sich von den Männern und schlich sich vorsichtig zum Ende der Plattform.

«Operation erfolgreich, Sir?» fragte er leise.

«Absolut, Pickits. Gut gemacht!» sagte Omri.

«Hatte ich Sergeant gesagt, Pickits?» sagte Patrick. «Ich meinte Captain.»

«Nichts für mich, Sir! Zu viel Verantwortung.» Er hüstelte. «Die Männer sollten so schnell wie möglich antreten und zurück ins Quartier, Sir.»

«Ja, stimmt! Vielen Dank noch mal, Corporal, es war großartig.» Und er machte sich daran, sie hochzutragen.

«Sieh mal nach, ob da oben auch alles in Ordnung ist», sagte Omri.

«Okay.» Patrick erreichte die Tür und zögerte einen Moment. «Jetzt find ich's nicht mehr so schlimm, die andere Schlacht verpaßt zu haben», sagte er. «War diese hier nicht erstklassig?»

«Und wie», sagte Omri.

Er mußte daran denken, wie erstklassig es außerdem war, daß er sich nie wieder fürchten würde, die Kaffstraße entlangzugehen. Von nun an würden sie sich schwer vor ihm hüten. Und selbst wenn sie es nicht täten... Nachdem er ihnen Beine gemacht hatte und nach allem, was er in dieser Nacht durchgemacht hatte, konnte er sich einfach nicht vorstellen, daß sie ihn künftig noch mit irgend etwas verschrecken könnten.

Er sah sich im Zimmer um. Er würde einiges zu erklären haben. Das Glas in einem Bilderrahmen war gesprungen, und da waren viele stecknadelgroße Löcher, auch ein paar größere, in der Tapete und am Fuße des Betts. Dann waren da noch das Geländer und natürlich seine eigenen Verletzungen... Na ja, er konnte seinen Eltern von den Einbrechern erzählen und daß es eine gewaltige Rauferei gegeben hatte. Vielleicht würden sie es ihm abnehmen. Er konnte es nur hoffen.

Er bückte sich und hob das Schmuckschränkchen seiner Mutter auf. Das hatte er jedenfalls für sie gerettet. Darunter fand er eine billige Taschenlampe, die immer noch brannte. Er machte sie aus und ließ sie in seine Tasche fallen. Wenn er Lust hätte, könnte er die dem kleinen Skinhead zurückgeben, falls er ihm am Montag nach der Schule über den Weg laufen sollte... Wäre ziemlich komisch, dessen dummes Gesicht zu sehen.

Omri seufzte tief und zufrieden und ging runter, um die Sachen, die sie in den Vorgarten geschleppt hatten, wieder ins Haus zu bringen.

Am Feuer

Als er mit Patricks Hilfe alles außer dem Geländer, das an drei Stellen geleimt werden mußte, wieder in Ordnung gebracht hatte, machten sie heiße Schokolade und nahmen aus dem Kühlschrank ein paar kalte Kartoffeln und andere Reste, die sie mit raufnehmen wollten. Sie waren beide so aufgekratzt, daß sie ihre Müdigkeit nicht einmal spürten.

«Ich hab die Oberschwester zurückgeschickt, damit sie ein paar Medikamente und anderes Zeug, das sie braucht, holen kann», sagte Patrick. «Aber ich mußte ihr versprechen, sie am Morgen noch mal wieder herzuholen. Sie will eine Woche Urlaub vom St.-Thomas-Krankenhaus nehmen. Trotzdem hat ihr das alles hier Spaß gemacht.»

«Pickits auch.»

«Little Bull hat's keinen Spaß gemacht.»

Omri antwortete nicht. Wenn er an die Schlacht der Indianer dachte, verdarb ihm das die überwältigende Genugtuung, die ihm die Schlacht mit den Skinheads bereitet hatte.

«Wo ist Boone?» fragte er auf einmal.

«Den habe ich auch zurückgeschickt. Er hatte mich drum gebeten. Er meinte, eine gelegentliche Schießerei oder Schlägerei im Saloon wären eine Erholung nach alldem, was er mitgemacht hat... Er würde uns gern bald wiedersehen, wenn wieder Ruhe herrscht.»

«Und was ist mit seinem Pferd?»

«Ach ja. Ich hab ihm das gegeben, auf dem dieser englische Kavallerieoffizier ritt.» Patrick kicherte. «Du hättest hören sollen, wie der fluchte, als ich ihn runterschmiß! Boone hat gesagt, das Pferd sei ein Prachtexemplar. Echt, es gefiel ihm. Und ich wette, dem Pferd wird's bei ihm auch besser gefallen als bei dem hochnäsigen Rotmantel.»

Als sie ins Zimmer kamen, war alles still. Die Kerze war runtergebrannt. Little Bull hatte seinen Tanz und Gesang für die Toten beenden müssen. Das eine Feuer war erloschen, das andere brannte nur noch schwach. Die Indianer, auch die Verwundeten, schliefen alle, außer Little Bull, der mit überkreuzten Beinen am Feuer saß. Twin Stars schlief an seiner Seite und hielt dabei das Kind im Arm.

Patrick zündete ein Streichholz an, und Little Bull sah auf.

«Wir haben was zu essen mitgebracht», sagte Omri.

«Nicht essen», sagte der Indianer.

Omri drängte ihn nicht. Er goß einfach heiße Schokolade in einen Zahnpastadeckelbecher und stellte den mit einem Stück Kartoffel neben ihn.

Das Streichholz erlosch. Sie saßen zusammen im Dunkeln, in dem nur noch die Glut des Feuers leuchtete. Die Jungen tranken ihre Schokolade. Lange Zeit sprach niemand ein Wort. Dann sagte Little Bull:

«Warum Omri herbringen Little Bull?»

Zum ersten Mal seit zwei Tagen dachte Omri an seinen Preis. Den hatte er vollkommen vergessen. Jetzt erschien er ihm so belanglos, daß er sich schämte, ihn bloß zu erwähnen.

«Etwas Wunderbares ist mir passiert, das teilweise mit dir zu tun hatte, und ich wollte dir davon erzählen.»

«Was Wunderbares passieren?»

«Ich habe über dich und Boone eine Geschichte geschrieben, und die – tja, die war gut.»

«Omri schreiben Wahrheit über Little Bull?»

«Ja, es war alles wahr.»

«Omri schreiben, wie Little Bull töten eigene Leute?»

«Natürlich nicht!»

«Du schreiben, bevor das passieren. Nächstes Mal schreiben, wie Little Bull töten eigene Krieger.»

«Das warst nicht du. Die Jetzt-Gewehre haben sie getötet. Das konntest du nicht wissen.»

«Dann Little Bull Dummkopf!» erklang seine verbitterte Stimme aus der Dunkelheit.

Einen Moment lang schwiegen alle. Patrick sagte: «Wir waren die Dummköpfe, nicht du.»

«Ja», sagte Omri. «Wir hätten es besser wissen müssen. Wir hätten niemals eingreifen dürfen.»

«Ein Greifen?»

«Wir hätten euch in Ruhe lassen sollen.»

«In Ruhe lassen, dann Little Bull sterben von Franzosen-Gewehr.»

Nach einer Pause sagte Omri: «Ihr habt die Algonquins aber doch geschlagen.»

«Ja. Schlagen Algonquin-Häuptling. Nicht schlagen Franzosen.»

«Wirklich, das ist eine Schande», sagte Patrick mitfühlend, «nach all dem.»

«Je weniger Tote, desto besser», murmelte Omri.

«Gut Franzosen töten!» rief Little Bull aus und klang schon wieder mehr wie er selbst. «Töten Franzosen nächstes Mal.»

«Aber nicht mit den Jetzt-Gewehren.»

Nach einem kurzen Schweigen sagte Little Bull: «Jetzt-Gewehre gut. Schießen weit. Jetzt Little Bull wissen, wie weit schießen. Nächstes Mal nicht stellen eigene Krieger, wo Kugeln fliegen. Omri geben Jetzt-Gewehre, ich mitnehmen!»

Die Glut des Feuers flackerte leicht auf. Twin Stars war aufgestanden und hockte sich neben Little Bull nieder.

«Nein», sagte sie deutlich.

Er sah sie an.

«Was nein?»

Sie redete leise und ernsthaft in ihrer eigenen Sprache auf ihn ein. Er machte ein finsteres Gesicht im Schein des Feuers.

«Was sagt sie, Little Bull?»

«Frau sagen, nicht benutzen Jetzt-Gewehre. Bald Krieger vergessen, wie töten mit Bogen. Frau nicht wollen, daß Sohn aufwachsen ohne Indianertalent. Sie sagen, Jetzt-Gewehr töten zu viele. Keine Ehre für Häuptling oder Häuptlingssohn.»

«Was denkst du?»

«Omri geben Jetzt-Gewehre, wenn Little Bull denken gut?»

Omri schüttelte den Kopf.

«Dann warum ich streiten mit Frau? Lassen Frau eigenen Willen. Frieden in Langhaus, bis nächster Feind kommen. Dann Frau vielleicht bedauern!»

Er sah Twin Stars böse an. Sie lächelte, bückte sich, nahm das Kind hoch und legte es ihm in die Arme. Er saß da und schaute zu ihm hinunter.

«Wenn Sohn wachsen, Little Bull erzählen, daß Omri Geschichte schreiben. Little Bull leben in Geschichte, auch wenn zu Ahnen gehen. *Das* geben Ehre, machen Sohn stolz auf Vater!»

«Er wird stolz auf dich sein, Little Bull. Ganz ohne meine Hilfe.»

Little Bull sah zu ihm auf. Dann erhob er sich. Das Feuer loderte plötzlich auf. Er stand da, die Beine gespreizt, sein Körper in glühendes Licht getaucht, sein ernstes Gesicht endlich von Sorgen gelöst.

«Omri gut», sagte er laut. «Geben Little Bull *orenda* zurück!»

Orenda. Die Lebenskraft.

Und in beiden Händen hielt er seinen Sohn hoch in die Luft, so als reichte er ihn der Zukunft entgegen.

Wie ist das eigentlich mit der Magie?

Zu seinem Geburtstag bekommt Omri von seinem Bruder einen kleinen, weißen Metallschrank geschenkt. Was für ein seltsames Geschenk. Gillon hat den Schrank gefunden, woher er kommt, weiß Gillon nicht. Wem er vorher gehörte, das ist ganz egal. So wie manche Dinge plötzlich spurlos verschwinden (Socken zum Beispiel, die man niemals wiederfindet, oder Taschenmesser), sind andere Dinge eben manchmal spurlos da: einfach so. Das ist Zauberei oder Magie.

Jedenfalls in den Büchern von Lynne Reid Banks ist das so. Reid Banks liebt Zauberei und Magie und phantastische Abenteuer, wie Omri und sein Freund Patrick sie mit dem Indianer Kleiner Büffel und dem Cowboy Bill erleben. Wer behauptet, so etwas gebe es ja in Wirklichkeit gar nicht, daß ein kleiner Plastikindianer lebendig wird, der ist ein Spielverderber und kennt sich nicht aus. Wer nicht glaubt, daß Zauberschränke plötzlich einfach so auftauchen, der weiß wirklich gar nichts.

Lynne Reid Banks hat die Geschichte vom «Indianer im Küchenschrank» zwar erfunden, aber den Schrank gibt es tatsächlich:

«Wir hatten ein Haus in London gekauft», erzählt Lynne Reid Banks. «Die frühere Besitzerin, eine alte Dame, hatte verschiedene Dinge zurückgelassen, die wir einfach weiterbenutzten.» Das war 1977 – heute ist Reid Banks sechsundsechzig Jahre alt, aber wenn man ihr gegenübersitzt und ihrer Geschichte zuhört, vergißt man schnell das Drumherum. Man blickt gespannt in ihre funkelnden Geschichtenerzähler-Augen, und ihre Stimme ist so zeit- und alterslos, wie jede gute Geschichte selbst es ist.

«Eines von diesen zurückgelassenen Dingen war ein kleiner Badezimmerschrank mit einem Spiegel. Der Spiegel war schon angelaufen, und das Schränkchen sah eigentlich ziemlich schäbig aus.

Mein jüngster Sohn sagte eines Tages: ‹Warum wirfst du ihn nicht raus und kaufst einen neuen Schrank?› Und ich antwortete: ‹Aber das wäre doch schade, einen magischen Schrank einfach wegzuwerfen!›»

Warum hat sie das wohl gesagt: «magisch»? So als wüßte sie mehr über den Schrank als ihr Sohn.

Jedenfalls machte es Spaß, Lynne Reid Banks zuzuhören. Sie wollte eigentlich Schauspielerin werden, so wie ihre Mutter, aber nach fünf Jahren im Theater wurde sie Journalistin, schrieb für Zeitungen und arbeitete als Reporterin fürs Fernsehen. 1960 veröffentlichte sie ihr erstes Buch, einen Roman für Erwachsene. Manchmal liest sie auch heute noch ihre Geschichten im Radio oder auf Kassette. Und wenn sie von dem alten Schrank erzählt und von ihrem jüngsten Sohn, dann fesselt sie ihre Zuhörer genauso wie ein guter Schauspieler im Theater sein Publikum.

«Was meinst du damit: magischer Schrank?» fragte Lynnes Sohn.

Die beiden standen im Badezimmer, kurz vorm Schlafengehen. Lynne Reid Banks lehnte sich vor und sagte leise: «Nun, schau ihn dir doch an. Er sieht doch magisch aus.» Dabei war er wirklich nur alt, und der Lack blätterte an den Ecken schon ab. Kein bißchen magisch.

«Nein, er sieht überhaupt nicht magisch aus! Er ist nur alt und schäbig», fand auch ihr Sohn.

«Man darf nicht alles nach seinem Aussehen beurteilen», beharrte Lynne Reid Banks. «Er IST magisch!»

«Beweis mir das!» kam es wie aus der Pistole geschossen. Und was hätte er sonst auch sagen sollen: Er wußte ja noch nichts von Kleiner Büffel, dem Indianer, und von Bill, dem rotzfrechen Cowboy mit dem rauchenden Colt. Allerdings: Lynne Reid Banks selbst hatte auch noch keine Ahnung! In diesem Augenblick wenigstens. Sie wußte, mit dem Schrank hatte es noch etwas ganz Besonderes auf sich, aber an sieben Zentimeter große Plastikfiguren, die lebendig werden, hatte sie überhaupt noch nicht gedacht.

«Geh erst mal ins Bett», sagte sie also zu ihrem Sohn, «und ich komme in ein paar Minuten und erzähle dir eine Geschichte über den Schrank.» Leicht gesagt!

Lynne Reid Banks ist gespannt vor Aufregung, als sie sich an diesen besonderen Abend erinnert.

«Ich hatte nur ganz wenig Zeit, mir eine Geschichte auszudenken, aber als ich in sein Zimmer ging», sagt sie und weiß noch genau, wie es war, obwohl seitdem fast zwanzig Jahre vergangen sind, «da sah ich diesen kleinen Plastikindianer.»

Daß der plötzlich einfach so da war! Lynne Banks' Sohn spielte nämlich gar nicht gern mit Indianerfiguren. Aber da stand der Indianer, und Lynne Reid Banks schaute ihn an, und in dem Moment hatte sie eine Geschichte für ihren Sohn: über einen Jungen, der zu seinem Geburtstag von seinem Bruder einen kleinen, weißen Metallschrank geschenkt bekommt (was für ein seltsames Geschenk!) und von seinem besten Freund einen kleinen Plastikindianer.

So geht das mit den Schriftstellern. Sie sehen plötzlich etwas, und schon können sie die phantastischsten Geschichten darüber erzählen. Alles ausgedacht, aber so, als wäre es wirklich geschehen. Und aus klapprigem Zeug, das niemand mehr haben will, werden magische Schränke, die Plastikspielzeug zum Leben erwecken.

Lynne Reid Banks' Sohn liebte die Geschichte sehr. Kein Wunder, er selbst war ja sozusagen höchstpersönlich ihr Held. Er war nämlich genauso alt wie der Junge in der Geschichte; er wußte schließlich ganz genau, wie der magische Schrank aussah, und ihm gehörte natürlich der Plastikindianer! Und er hieß Omri! Und sein Bruder hieß Gillon und der andere Adiel – genau wie in der Geschichte.

«Ich habe meinen drei Söhnen immer Geschichten erzählt, in denen sie selbst mitgespielt haben», sagt Lynne Reid Banks. (Natürlich ist nicht jede Mutter Schriftstellerin und kann für ihre Kinder phantastische Abenteuer einfach so aus dem Ärmel schütteln: So manche müßte sich ganz schön quälen und würde selbst dann nur gräßliche Langeweile verbreiten, und ihr Sohn oder ihre Tochter müßte dann vielleicht mit Maulsperre ins Krankenhaus, weil das viele Gähnen den Kiefer verrenkt hat. Alles schon passiert.)

«Eine Reihe von anderen Geschichten, die ich ihnen erzählte, handelte von magischen Autos, die meine Söhne an jeden Ort brachten, an den sie wollten. Meine eigene Mutter hat mir auch immer Geschichten über mich selbst erzählt, als ich noch klein war. So war das bei uns in der Familie.»

Lynne Reid Banks wurde in London geboren, aber als in Europa der Krieg ausbrach, wurde sie nach Nordamerika evakuiert, nach Kanada. Da war sie zehn Jahre alt.

«Indianer gehörten von nun an praktisch dazu», sagt sie. Das heißt, die Menschen in Kanada erzählten Geschichten von den berühmten Indianerhäuptlingen und von der grausamen Vertreibung der Indianer durch weiße Siedler. Wie in England Geschichten von Robin Hood erzählt wurden oder vom legendären König Artus und den Rittern der Tafelrunde.

Ob Lynne Reid Banks deswegen den Indianer in Omris Zimmer sah? Weil sie sich mit Indianern so gut auskannte?

Jedenfalls liebte Omri die Geschichte. Kein Wunder. Und Lynne Reid Banks mußte sie ihm von nun an jeden Abend erzählen. Immer ein bißchen anders. Also einmal war Kleiner Büffel vielleicht ein Schwarzfuß und dann ein Irokese; zuerst war er vielleicht noch mit einem Tipi zufrieden, dann wollte er unbedingt ein Langhaus. Wann ihr die Episode mit Herrn Johnson einfiel, dem strengen Rektor von Omris und Patricks Schule, müßte man Lynne Reid Banks eigentlich einmal fragen. Herr Johnson ist ja so fantasielos und so elend begriffsstutzig: Als Patrick ihm die beiden kleinen Menschen endlich zeigt, hält der Rektor alles nur für einen Traum. Von Magie hat der noch nie etwas gehört.

Irgendwann hatte Lynne Reid Banks für ihren Sohn dann eine neue Geschichte erfunden, und Kleiner Büffel und der Cowboy gerieten erst einmal in Vergessenheit.

Eines Tages aber, ein paar Jahre später, klingelte das Telefon, und Lynne Reid Banks' Verleger war am anderen Ende und fragte, ob sie nicht einen spannenden Kinderroman für ihn schreiben wolle.

«Ich arbeitete schon an ‹Houdini, dem entfesselten Hamster›» (rotfuchs 736), erinnerte sie sich. Zehn Bücher hatte sie da schon geschrieben, für Kinder und für Erwachsene. Heute sind es über dreißig.

«Aber eigentlich wollte ich für den Verleger eine ganz neue Geschichte schreiben. Nur fiel mir so schnell nichts Vernünftiges ein.»

Da kam Omri, also ihr Sohn, nicht der Omri aus der Geschichte (obwohl – wo ist da der Unterschied?), und sagte: «Und was ist mit der Geschichte, die du mir jeden Abend erzählt hast? Die mit dem Indianer und dem Zauberschrank?»

Lynne Reid Banks hatte alles vergessen. «Ich kann mich nicht erinnern», sagte sie.

«Aber ich», sagte Omri. «Ich erinnere mich an alles.»

Und dann erzählte Omri seiner Mutter die ganze Geschichte; genauso, wie sie sie ihm früher erzählt hatte. Von dem Jungen, der zu seinem Geburtstag diesen alten Schrank bekommt und den kleinen Plastikindianer, über den er sich erst gar nicht freut. Und wie dann plötzlich die ganze Zauberei anfängt: morgens, kurz vorm Aufstehen, mit einem leisen Trappeln und Klopfen. So leise, daß man zuerst glaubt, man hätte nur geträumt: Aber so ist das eben mit der Magie.

Thomas David
Tywardreath, Cornwall, im September 1995

rotfuchs Klassiker

Das Lieblingsbuch des großen Verlegers Ledig-Rowohlt: Alice gerät in eine Welt der absurden Spielregeln, in einen Irrgarten, der bedrohlich und amüsant, närrisch und geheimnisvoll ist. **Lewis Carrolls** berühmtes Buch «Alice im Wunderland» wurde mit atemberaubend schönen Illustrationen in ein phantastisches, neues Kleid gebracht. Mit einem Nachwort von Dieter E. Zimmer. (rotfuchs Klassiker Band 733)

Die **rotfuchs Klassiker** Reihe bietet jungen Lesern eine Bibliothek der wichtigsten Bücher aus der Weltliteratur an. Mit dieser Edition will rotfuchs eine Trennung zwischen den Ansprüchen aufheben: Literatur von Rang statt Katzentischlektüren. Das Gefühl der Qualität kann man lesend erlernen. Die rotfuchs Reihe will dabei gern Mentor sein. Darum sind sämtliche Klassiker dieser Reihe mit den exquisiten Illustrationen des international renommierten Künstlers **Klaus Ensikat** ausgestattet.

rotfuchs Tiersachbücher

4033/1